サヨナラまでの距離

久米 恵
Kei Kume

文芸社

サヨナラまでの距離●目次

第一章

動き出す心

二週間ぶりの全員登校日に、紺のセーラー服を着る。鏡の前で白の三角ネクタイを結ぶ。そして、後ろを振り向いてセーラー衿を確かめる。膝下十センチ以内という校則のあるスカートをはいて、白いソックスをはく。黒い靴をはいて、自転車のペダルをこいで高校へ行く。三年六組の教室に入り、久しぶりに級友の顔を見つける。

「恵《けい》、久しぶり。元気だった?」

振り向くとそこには、ひとみの顔があった。私の通っている高校は進学校で、二月になると大学受験のため自主学習になっていた。学校に来るのは、半数に満たない者だった。授業はなく、学習をしていてわからないところを先生に尋ねるというものだった。

「恵は、毎日学校に来たんでしょ」

「うん、家にいるよりいいからね」

「まじめなんだよね、恵は」

「違うよ……」

今日は、三月一日の卒業式の練習日だった。ひとみは家庭学習の方だったので、顔を合わせるのは二週間ぶりだった。

私は、ひとみの言った「まじめ」という言葉が大嫌いだった。「まじめな子、いい子、頑張り屋さん」これらの言葉に六年近く悩まされ続けていた。「どこがまじめなの？　どこがいい子なの？」と、いつも考えていた。そして、いつか、はみだしてみたいとも。

学校で問題を起こすでもなく、成績もそれほど悪い方でもなく、友達も多くいて楽しくやっていて……それが、私に「いい子」という仮面をつけさせるようになったのは、中学時代からだった。苦しくても逃げ出したいと思っても、「いい子」は「いい子」でいなければいけなかった。

「ひとみ、進路決まったの？」

「うん、大阪に行くことになったよ」

「いいね……」

「恵はまだなの？　受験はいつ？」

「三月になってからで、十六日が発表だったよ」

「恵は、てっきり四年制大学に行くと思っていたから、短大って信じられないけど……」

「しようがないよ。親の援助がなければ行けないところだし……」

あの時もそうだった。確かそれは二年前のことだった。進路決定の時、私と両親の意見は食い違っていた。いくら話しても、私の気持ちは両親には通じなかった。完全に拒絶された。その時は、一カ月間、机に向かうことなく過ごした。見事に成績は下降線をたどった。

しかし、その抵抗も見事に打ち砕かれた。平行線のまま、私は自分の夢をあきらめざるを得なかった。つらかった。でも、そうしなければ家にいることはできなかった。自分の道を進める人が、自分の意思をはっきり言える人が、うらやましかった。親に逆らえないという「いい子」の存在は、私を苦しめていた。

三月一日、肌寒い風の中で卒業式を迎えた。暖房のきいていない体育館で、卒業生四百名の旅立ちの時だった。校長先生、来賓の方々の決まりきった祝辞を、寒さに体を震わせながら聞いた。それらが、胸に響いたかどうかの記憶は定かではない。私の今後の進路は未定だったが、この高校での三年間の思い出には感慨深いものがあり、胸が締めつけられた。

夢と希望で胸をふくらませて入学した三年前の四月、春。友達もたくさんできた。クラス対抗の球技大会、体育祭、文化祭、修学旅行と多くの行事があった。それぞれが楽しかった。青春の中を走っていたように思う。あこがれの先輩と一緒に過ごした一年間。受験勉強に悩まされた時間もあったが、今こうして振り返ると、そこには高校生として輝いていた私自身が存在していた。「もう皆、バラバラになってしまうんだね」と言い聞かせた。

卒業証書を受け取り、筒に丸めて入れた。高校生から卒業した。しかし、「いい子」のレッテルを貼られた自分から飛び立つ――私からの卒業証書はもらっていなかった。

五日後に、私は母とともに尾道に向かった。受験のためであった。二月に私立短大を受験して合格していたが、まったく自分の進みたい道とかけ離れていたので、手続きはとっていなかった。もしこの受験に失敗すれば、「浪人」と「就職」のどちらかひとつの選択をしなければいけないことになっていた。高校受験の時のように、知っている顔がたくさんいるわけではない。試験場に入っても誰ひとり知っている顔はいない。でも、別に寂しいとも思わなかった。「いい子」という仮面をつけていない私が、そこに存在していたのであった。気楽だった。人の目を気にすることはないということがうれしかった。

国語、数学、歴史、英語の四科目の試験が終わって、外に出て思いっきり空気を胸一杯に吸いこんだ。この場所は山に囲まれていた。空気がおいしかった。

誰も知っている人はいない。「いい子」と呼ばれることのない場所。「ここで暮らすのではないか」と、私は心の中で思っていた。

三月十六日。午後に「サクラサク」という合格通知を受け取った。うれしかった。それは、この家から出ていくことができる。そして、その先にきっと何かがある、自分らしくなれる何かがあるという喜びの方が大きかった。

四月十日。私は尾道短期大学の学生になった。列車を乗り継いで尾道駅までやってきて、バスに乗って短大までやってきた。ここはダムの水源地であった。どれほど田舎であるのかがわかる。しかし、水源地の周りの木々は鮮やかであった。まだ桜の花も咲いていて、心が洗われるようであった。湖面に映る風景は、雑誌で見る絵のようであった。

入学式も無事に終わり、母は帰って行った。「体に気をつけてね。連絡はちゃんとしてね」という言葉。うれしかったが、なんとなく解放感があったのもウソではなかった。

それでも「ホームシック」にかかった。「帰りたい」と何度も思った。でも、帰った時の状況を胸の中に描いて、「いい子」の私がそこにいることに耐えられなかった。

夏休みを終え、二学期になった。ホームシックは影をひそめて、それなりに学生生活を楽しんでいた。しかし、何か心にひっかかるものがあった。

親元を初めて離れたという寂しさもあったが、時が経つにつれて、なんだか自分の本当の夢が確実に、私の手元から飛び去る空しさも感じ始めた。自分の選んだ道に疑問がふとわいてきた。

新しい年を迎えて、寮生活も一年を過ぎようとしていた頃に、ある決心が私の心の中にあった。それは「中退」だった。

しかし、これを簡単に実行するわけにはいかなかった。やはり、今の状況のまま、自分を見つめることになった。

こんな時、ひとつの出会いが、私を動かすことになった。暗闇の中から小さな光を見つけたような感じがしていた。青春の一ページを開いた。トントンとノックして扉を開いた。「山口に早く帰っておいで」というたった一行の言葉。それが、最後の決断を決めた。それは、今まで感じたことのない暖かな一言だった。このまま、ここで頑張ってみよう。あと一年、ここで頑張れば山口に帰れる。すると、何かが変わるかもしれない。私を待っている人がいる……?

春休み、すっきりとした気持ちで帰省した私は、天満宮でお守りをひとつ買った。夜、それを手紙とともに封筒の中に入れる時、両手を合わせた。「どうか、危険なことにあうことがありませんように」って。

手紙の行き先は、正明のところだった。彼の手元に届く手紙は二回目だった。これが、どのような道を選ばせるようになるのか、私は想像しなかったし、できなかった。

二週間後のある土曜日の昼下がり。私に予期せぬ訪問者があった。本当に本当に予期なんてできなかった。

私の目の前には、見知らぬ背の高い男の人が立っていた。

「こんにちは」

「……こんにちは」

おたがいに軽く会釈をした。そして、その人はぽつりと言った。

「お守り……ありがとう」

「いいえ……」

ようやくわかった。手紙のあの写真の人だ。

私の中学時代。「文通」が、結構はやっていた。クラスの中では遠い地域——たとえば、山口からすれば、大阪、京都、東京や、時には北海道、沖縄——の見知らぬ人と手紙を交換するのが、ひとつの楽しみとなっていた。切手代だけで、いろいろな人といろいろな話ができるというのが、魅力だった。親にも話せないことが、顔も知らない人と話せる。同世代のいろいろな考えが新鮮だった。手紙の中だけ私は「いい子」から「ふつうの子」になっていた。

だから、正明との文通も、その延長でしかなかったはずだったのだが……。「こういうことってあるんだね」と、私は不思議だった。送ったお守りに、ものすごい力があると思った。

正明と交わした会話は、全然覚えていない。私は頬づえをついて、窓から見える風景を見ながら独り言を言ってみた。

「ただ、手紙の住所だけでこんなところまで来てくれるなんて……夢じゃないよね。本当に起こった出来事だよね」

ただ、ひとつだけ感じたものがあった。「あの人と何かあるのではないかな」ってね。霊感みたいに。

春休みを終え、また尾道での学生生活に戻っていった私は、心が軽かった。「あと一年、ここで頑張ろう」と、小さな誓いを今一度心に繰り返した。

寮生活にも慣れ、他県の出身者の友人も増え、最後の学生生活は充実していた。あの出会いからの私の手紙にも、少しずつ変化が表われてきていた。それは「ひとりの男性」に対する感情が伴ってきていた。

春から夏へと季節が足早に過ぎるのと同じくらいに、私の心の中を占める正明への気持ちの面積は、しだいに広がり始めていた。「今度はいつ会える？」って聞きたい気持ちを半分に抑えた。しかし、手紙にだけは、気持ちを素直に書くことができた。彼がどのように感じていたのかわからないけれど……。そこには、ごくふつうの恋する女の子が存在していた。

正明と一緒に過ごす時間は、とても楽しかった。会えない時間が長かった分だけ、うれしくてしかたなかった。でも、時間が経ち、それぞれの場所に帰っていく時から、ひとつの不安が広がり始めるのだった。

私はこの恋を「スゴロクのような恋」だと思っていた。スタート地点に立ち、サイコロを投げ、出た数だけ少しずつ少しずつ前進していくが、ゴール地点にたどりつく前にまたスタート地点にひきずり戻される。そして、また最初からやり直すのだった。一体いつになったらゴール地点にたどりつけるのか不安だった。

「会えない時間が　愛育てるのさ」という歌詞があるが、気持ちを育てているのは私ひとりだけだった。まだ、「もしかして私のこと……」とうぬぼれるほどの自信なんて、かけらもなかった。

正明の目を見つめて、言葉を交わして、体に触れても、私の気持ちだけが先走っているようで怖かった。つなぎとめる何かがほしいと願っても、気持ちを静かに見届ける術は、何も知らなかった。

「私だけが、こんな気持ちになっているのですか？　あなたは、何も知らないんですよね」って、私が乗ったボートは、ゆっくりとゆっくりと広い海原の中にこぎ始めていた。

人間って、自己防衛という手段は知っていても、誰かに守られていることを知る手段を神様から教えられていないのかもしれない、とさえ思った。

夏休みになり、私は山口に帰ってきた。同じ山口にいても、正明に会える時間は、尾道にいる時と何も変わりはしなかった。しかし、同じ県内にいるというだけで安心できた。八月になり、久しぶりに岩国行きの上りの列車に乗った。尾道にいる時は広島で待ち合わせ、その下りの列車から見る風景は田園風景だった。しかし、今私の乗っている上りの列車から見る風景は、どこまでも果てしなく続く瀬戸内の海の風景だった。夏の海はまぶしい夏の陽射しを映して、まばゆいほどの青い色をしていた。波は穏やかで、波しぶきはほとんど立っていなかった。

空を舞うカモメたちも、夏の陽射しをたくさん浴びたあとは、気持ちよさそうに、波間に漂っていた。空の色と海の色が一緒に溶け合うようになるというのは、このような風景をいうのであろうか。正明に会える喜びの中で、列車の窓から見える風景に、吸いこまれそうだった。

数時間後、私は正明の腕の中にいた。そっと目を覚ました時、横を見れば優しい顔があった。やっとの思いで、頭の中で時間の流れを整理してみた。

駅で正明と会い、久しぶりに歩いて映画を観ることになった。私は、ロマンチックな恋愛映画を期待していたのに、一緒に観たのは怪奇映画だった。「怖い映画はダメだよ」って言ったはずだったのに。「ウソつき」って反発したが、結局最後まで観た。そばにいてくれる人が彼だったからかな?

それから、彼の部屋まで無言のまま歩いてきた。雰囲気がいつもと違う彼にとまどった。でも、後をついて行くことしか私は知らなかった。

部屋の中に一歩を踏み入れて、初めて正明の苦しそうな顔を見た。そこには、微笑みさえもなかった。もちろん私にも。そして、ただ一言だけ告げられた。

「ごめん。……どうしてもだめなんだ……」

初めての体験だった。でも、怖くはなかった。「目の前にいるこの人が好きだから……この人だけが好きだから……」と自分に言い聞かせた。

そして、浅い眠りの中に落ちていった。誰にも邪魔されないふたりだけの時間だった。

頭の中が完全に目覚めた時、私は思い出した。それは、出かける時に父から言われた門限時間だった。

「しまった、今からでは門限に間に合わないや……」

ふと起き上がってつぶやいた。まるで他人事のように……。心配したのは正明の方だった。

「車で送ろうか?」

「う、うん。大丈夫」

私は首を振った。

「大丈夫だよ。今日は列車で帰るよ……」

急いで身支度をして、部屋を出て、駅までの道を急いだ。ふたりとも何も言わなかった。無我夢中だった。

息をきらせて駅に着き、改札口で一枚の紙を渡された。

「今日のことで何かあったらここに連絡して。帰省しているから……」

「うん、わかった」

「本当に大丈夫か?」

「うん、大丈夫。……連絡する……」

そう言い残して、下りの列車に飛びこんだ。乗車口の窓から、正明の顔を見えなくなるまで、いつまでも見つめていた。「大丈夫。ひとりじゃない……」と、小さくつぶやいた。

列車がいくつもの駅を通り越した時、私はバッグの中から、ふたつに折られた一枚の紙を取り出した。まるで宝物のように。

広げると、そこには正明の帰省先の住所が書かれてあった。そして、正明の笑顔が見えたように思えた。恋をすると好きな人の顔まで錯覚で見えてくるのであろうか。

二時間近く列車に揺られ、家にたどり着いた時には門限を一時間過ぎていた。

「もう会うことはない」父の激怒した声が私を襲った。ただその場に立ち尽くすことしかできなかった。父の言葉が信じられなかった。涙なんて、この時には出てこなかった。しかし、一時間、二時間と時間が刻まれていくうちに、つらい現実が私にのしかかってきた。

「あの人に会えない？　あの人に会えないなんて……いやだ……別に悪いことしていないのに……どうしていけないの？　どうして会ってはいけないの？……ひどすぎるよ……」

涙がとめどなく流れた。この時はっきりと知らされた。遠距離恋愛のつらさを。

そばにいてほしい時にそばにいてくれない。手の届くところにいない。声だけでも聞きたい時にも声が聞けない。ただ遠い場所から思い続けるだけ。ひたすらに……。「会いたい、会いたい。その大きな暖かい手に触れたい」と願っても届くはずはないと苦しむだけ。遠い遠い星空を眺めて、ひと筋の涙を流すだけ。


お元気ですか。大阪の街はいかがですか。手紙を出していいものかと迷いました。でも、やはり書いてしまいました。ごめんなさい。

あの日、一緒に映画を観た日、やはり門限を一時間過ぎていました。父にはひどく叱られました。どうしてこんなことになったのか、わかりません。あなたと一緒にいたかっただけなのに……。

夏休み中は、会えそうもありません。

尾道に行ったら、会ってもらえますか。連絡待っています。

恵

これだけで精一杯だった。とてつもないほどの大きな仕事を終えたあとのような疲労感が残った。祈る気持ちで、ポストにこの手紙を出した。

「どうか、あの人の気持ちが変わりませんように……もう一度会えますように……」

一日一日が長かった。毎日、日課のように家の郵便受けを見た。何もなかった時の落胆は、誰にも言えないくらいだった。

「やはり、もうだめなのかもしれない。もうこの恋は……終わりなのかもしれない……」

救いの手を差し出してくれる人は、誰もここにはいなかった。

数日後、一通の手紙を手にした。裏返して見た差出人の名前に、胸がキューンとなった。

でも怖かった。封を切るのが怖かった。封筒を胸にあてて祈る気持ちで、そっとハサミをあてた。

手紙を取り出した時、ひとつのものが封筒からこぼれ落ちた。それは、銀色のネックレスだった。わずかな光を放っていた。それを握りしめて、便箋を広げた。見慣れた文字を何度も何度も目で追った。そして、ひとつの小さな、でも明るい光を見つけた。

尾道に行ったらまた会える。本当に。ウソではなく会える。

ただそれだけでよかった。私の願いが通じた。うれしかった。叫びたくなるほどうれしかった。最後に一言書かれてあった。「お父さんを憎むな」って。正明の心の広さを知った。そして、人を信じる素晴らしさも知った。

駆け足のように、夏は過ぎていった。あの夏の陽射しのようなまぶしい出来事で、心が近づいたことを知ったが、やはり、完全に不安が消えたわけではなかった。いつも、つかみきれない正明の心と私の心のはざまで、揺れ続けていた。

水源地を囲む山々の色鮮やかな紅葉を見て、足早に季節の移り変わりを知る。この秋という季節は、人を恋しくさせる。恋しい人を思い出させる。人のぬくもりがほしくなる。

そして、寮の部屋の窓から空を見上げて、ぽつりとつぶやく。「あの空の向こうに、ずっとずっと向こうにあの人がいる。でも……私の気持ちなんかあの人には届かないし、気づいてもくれないんだろうな……」と。頬にあたる秋風の冷たさの中に、私の心を重ねていた。

「友達以上恋人未満」というあやふやな関係の中に自分の姿を見つけた。あと半年で山口のあの家に帰らなければいけない私にとって、迷っていた心に進む方向を見つけてくれたあの言葉は、なんの意味も持っていないようにも思えてきたりもした。少しでも近くにいたいと思っても、はかない夢でしかありえないのであろうか。

私の前を歩く正明の後ろ姿に追いつこうとしても追いつけないで、どんどん前をひとりで歩いている正明が、憎らしくもあった。

「私はここにいるよ。あなたの後ろを歩いているよ。ねぇ、少しは気づいて、後ろを振り向いてよ」

と叫んでも、届きはしなかった。距離は縮まることはなかった。

つかみかけたと思っていた正明の心の色があせていくように、紅葉もついに色あせていった。そして、木枯らしが吹く冬の季節を迎えた。

新しい年を迎えると、少しずつ私の周りは動き始めようとしていたが、私にはなんの動きをも感じることはなかった。就職も決まらず、学生生活を終えようとする年に入っているだけに、あせりは大きすぎた。「なんとかしなくっちゃ」と思いながら、空回りする私が切なかった。そして、正明との縮まらない距離に一番あせりを感じていた。

「たぶん、どこまで行っても、この距離は縮まることはないんだろうね。でも、こんな思いは私だけだよね。あなたは何も思っていない……」

正明の仕事の重要性を何ひとつ知らずに、私だけが独り歩きをしていた。

アルバイトの帰り道、何気なく立ち寄った本屋で、正明の仕事を知った時は、今までの自分が恥ずかしかった。何かが体の中から抜けたように、自分の気持ちを抑えることを少しずつ覚えた。「ごめんね。わがままばかり言っていたんだね……」と。

そして、正明のためにグレイの極太の毛糸と、『初めて編む男物のセーター』の本を入れた紙袋を宝物のように抱えて、寮に帰っていった。その日のうちに編むセーターを決め、一段一段ずつ編み始めた。初めて編む男物のセーターに、心は忘れていたものが戻ってきていた。

「あの人にわがままを言うのは少し控えよう。その代わり、このセーターの一目一目に私の気持ちを編みこんでいこう」

ひとつやるべきことを見つけると、それだけに向かって進んでいくのが、恋する女の強みなのだろうか。「頑張れ頑張れ、恵」と応援してくれる声が、どこからか聞こえてくるようだった。

一カ月以上の時間をかけて、とうとうグレイのセーターができあがった。縄編み模様の入ったセーターが。卒論をまとめながらの編みものだったが、とっても大きな仕事をやり遂げたあとの満足感は、言葉にならないほどだった。今まで迷惑をかけた分だけ、正明に喜んでもらいたいというのが、本当の私の気持ちだった。そして、人を好きになるピュアな気持ちに酔っていた。

あとは、二月十四日の聖バレンタインデーにチョコレートとともに手渡すことが、残された大きな大きな仕事だった。この年は、十四日は日曜日ではなかったので、その前の日曜日に会うことを手紙で決めた。しかし、その日が近づいてきても、正明からはなんの連絡もないまま、約束の日を迎えた。今までは迷いなんてなかった。すべてを信じていた。しかし、今回は不安で不安で眠れないまま、朝を迎えた。

いつも会う場所は広島だった。しかし、私は尾道から列車に乗っている間中、降りる駅を決めかねていた。ひとつの駅を乗り越し、またひとつの駅を乗り越す。そのたびに、不安は大きくなるばかりだった。

「どうして連絡してこないの？　何時にどこで会うのよ……」

と、正明だけを責めていた。

広島に列車が着いた時に、素直に改札口に向かっていればいいものを、また西に向かう下り列車に乗り継ぐために、私は別の路線に降りていた。

四十分近く経って、岩国駅に着き、私は降りた。初めて編んだセーターとチョコレートが入っている紙袋を持って……。改札口を通り抜け、駅前通りに出たが、見覚えのある車は停まっていなかった。目の前を通り過ぎる車を何台も見送った。時計を見ると、十一時を示していた。

「どうして来ないの？……今日は来ないつもりでいるの？……」

曇り空を見上げた。涙がこぼれるのを防ぐためだ。誰にも見られたくなかった。

駅構内の待ち合わせ用椅子に座った。もうヘトヘトだ。全身の力が抜けていった。

「もう少し、もう少し、ここにいよう。もしかすると……。でも、ダメなのかなあ……」

ふと見上げたビルの二階の窓に、楽しそうに話しているふたつの影——恋人たちの影

――を見た。「本当は今頃、あんなふうに話していたのに……」と思うと、時のいたずらを憎んだ。

二月の風は冷たい。昔から冬の中でも二月が一番寒いという。しかし、その風以上の冷たい風が、私の心には吹いていた。

大きく息をして、私は決心した。もう迷いなんてなかった。

「ここまで来たんだ。あの人の部屋まで行ってみよう」

立ち上がった場所から左の方向に道をとって、足を早めた。不確かな記憶の中から、道順をたぐりよせながら、やっとの思いで木造の家の前に立つ。もうその場に倒れこみたくなるほど疲れていた。心身ともに。

ふと二階の窓を見上げてみる。しかし、その部屋の窓はカーテンが引かれていた。「いないのかな?」自然と階段を駆け上がる。キシキシと軋む音がするが、そんなことはどうでもよかった。部屋のドアのノブに手をかけるが、すぐにやめた。外から部屋の中の空気の動きを感じとろうと思うが、誰もいないことを直感的に知った。

「やはりこのまま帰ろう。今来た道をひとりで……」

手に持っている紙袋をドアのノブにかけ、そのまま一気に階段を降りる。降り終わった時に後ろを振り返るが、誰もいないことはわかっていた。

そっと二階の窓を見上げて
「今日は帰ります。ここに来たことがわかって、少しでも私のこと思い出してくれたならば、連絡ください」

と、心の中の正明に告げて、決して後ろを振り返らずに駅までの道を急いだ。もう夕暮れが私に迫っていた。

今はただ、私が住んでいるあの場所に無事に帰り着くことだけだった。私の沈んだ顔の表情に、行き交う人は気づくはずもない。とにかく、あの三畳一間の寮の部屋に戻りたかった。すべてを忘れたかった。悪夢として、闇の中に葬ってしまいたかった。「あの人のことは、もう考えまい」と、できない努力を重ねようとしていた。

目的地までの乗車券を買い求め、改札口を通り抜けて案内されたホームに立っている。滑りこんできた列車に乗りこんで「サヨナラ」と声を出さずに、言葉にしてみる。夕陽が地平線の彼方に沈み、暮れかかっている風景の中を走り続ける上りの列車の振動だけが、疲れきった私の心に響いた。

今、私は部屋の中で、一大決心をして手紙を書いている。何度も考え、悩み、実行することの恐怖で踏みとどまろうと考えた時もあったが、ようやく決心がついた。明日から大阪にいるひとみのところに三泊四日の予定で、小旅行に行くことになっている。その時に、ポストに落とす手紙を書いている。

この数日の間、地獄と天国の中をさまよった。あの日――セーターとチョコレートで、自分の気持ちを伝えようとした日――は、一本の電話で救われた。

夜、寮の電話のベルが鳴った。呼び出されて、受話器を恐る恐る握る。手は震えている。

「もしもし……」

やっと出てきた言葉が終わらないうちに、突如として聞く怒りの声だった。

「一体、今日はどうしたんだ。ずっと、待っていたんだぞ」

初めて聞いた正明の怒りの声。

「……だって、何も連絡くれないんだもの。……わからないよ」

「連絡しなくたって、いつもの場所と時間ぐらい、わからなかったのか」

「……だって……」

「だって、どうしたんだ」

「だって……連絡ないと不安だもの……」

今までは手紙で会う日を決め、間違うこともなく会っていた。しかし、あの日はできなかった。「どうして？」と聞かれても、自分自身でさえ答えることはできない。ただ、もう少し近くにいることを確かめたかったのかもしれない。離れていることが怖かったのかもしれない。

もう限界だった。この場に立っているだけで精一杯だった。ひと筋の涙がふと流れた。

「……ごめんなさい……本当にご…め…ん……」

「どうした、泣いているのか？」

「……う、うん、違う……」

「悪かった。連絡しなくても、大丈夫だと思っていた」

「……もう、大丈夫だから……」

本当は、大丈夫でなんかなかった。寂しくて寂しくて仕方なかった。暖かく包みこんでほしいと願った。でも、離れていることはどうしようもないことだと、わかりすぎるくらいにわかっていた。頭の中ではわかっていても、心の中は何もわかっていなかった。

もうあとの会話はどうでもよかった。あの紙袋に入ったセーターとチョコレートに気づいてくれて、私を思い出してくれただけで……。それだけで救われた。

一週間後、私はバイトを断って正明に会う時間をつくった。スゴロクみたいに、またスタート地点に戻るのはいやだった。ひとつでも前進したかった。

私の気持ちははっきりしていたが、ただひとつ片づいていない問題があった。就職だ。この時期になっても決まっていないことは、心に大きな影を投げかけていた。

「まだ、就職、決まらないんだ。どうしよう……」

「あまりあせるなよ」

「優しいんだね……」

「……」

「本当にどうなるんだろうね。このまま、家に帰らないで広島で就職しようかな。学校にたくさん求人来ているし……。だったら、今よりも近くなれるし……」

この「近くなれる」と言った言葉の意味を、どのように受け取ってくれたのかわからない。遠距離恋愛のつらさから逃れたかったのだが、正明には通じなかったようだ。

「だめだよ、山口の親元に帰った方がいい」

正明の言葉を聞くと、なんとなく意地をはる私から抜け出して素直になれた。こんなに楽になれるのが、不思議なくらいだった。そこに「いい子」は存在していなかった。

「そうだね。やっぱり山口に帰ってから、ゆっくりと探そう」

正明はこちらに背を向けていた。すると、私の耳に小さな声で話す言葉が届いた。

「俺のところに来るか」

はっきりと私には聞こえた。一瞬、時間が止まったかと思った。

「えっ？　今、なんと言ったの？」

意地悪かと思ったが、もう一度聞きたかった。疑っている耳を信じたかった。でも……。

「うん、なんでもない」

そのまま何も言わなかった。しかし、私はこの耳で、確かに聞いた言葉を何度も繰り返し、つぶやいた。「俺のところに来るか」と……。ふたりの距離が縮まったと、私はひとりで思った。そして、微笑んだ。


やっと手紙を書き終えた。手の震え、いや体の震えはなかなか止まらない。冬なのに、汗をかいているような動揺がある。たった数行しかない手紙を書くのに、何枚もの便箋をダメにしてしまった。

お元気ですか。カゼひいていませんか。

明日から三泊四日で大阪に行ってきます。あなたの生まれた街を見てきます。

大阪から帰って、私の誕生日の二月二十七日に、そちらに行ってもいいですか。

二十歳になる日・大人になる記念の日を、あなたと過ごしたいと思っています。

いけませんか。連絡、待っています。

恵

手の震えを抑えながら書いた手紙を、また震えながら封筒に入れた。こんな状態は初めてだ。封筒をバッグの中に入れ、朝日の訪れを布団の中で待つ。

昨日、母と電話で話した。

「大阪にいるひとみのところに行って、三月になってそっちに帰るよ」

「じゃ、誕生日には帰ってこないんだね」

「うん、ひとみがお祝いしてくれると言ってるから」

「そう、残念だけど……。気をつけて行っておいで」

「ありがとう」

受話器を戻して、フーと肩の荷がおりた。たぶん、母は信じているだろう。でも、自分の気持ちを大切にしたかった。そして、親鳥から飛び立つひな鳥のように、親元から飛び立って、大空を大きな羽を広げて飛びたかった。その第一歩を今、踏み出した。

大阪行きの列車に乗りこむ前に、手紙をポストに投函し、尾道から三時間以上列車に揺られて、ただ通り過ぎていく風景を見送った。大阪駅のホームに列車は入った。

大阪駅に降りた時、駅の大きさ・行き交う人々の多さと速さ・華やかな空気にたじろぐ。ひとみから「大阪は時間の流れが速いよ。とにかく、人の動きにはびっくりするよ」って聞いていたが、想像以上に大阪は都会だった。

大阪は、中学三年の時の修学旅行で訪れたことのある街だった。二泊三日の最終日に、大阪城を訪れたことを覚えている。都会の夜景は、山口の夜景と違って華やいでいた。その街に今立っているのが不思議だった。でも、心が休まる空気が私の周りには広がっていた。

ふと、この空気の中に、私の知っている正明の姿を思い浮かべてみるが、なんとなくマッチしていなくて笑った。でも、正明は大阪で生まれ、十八年間住んでいた人だった。

ひとみは、大阪といってもずっと南の町の方に住んでいた。そこは田んぼもあり、川もあり、山もあり、空気が違っていた。

「ねっ、ここ大阪みたいじゃないでしょ」

と、ひとみが言った。その通りだった。小さな商店街が続いて、皆が声をかけてくれた。もちろん私にも。うれしかった。言葉は関西弁だった。当たり前のことだが、間違いなかった。

「恵、こんな場所、想像してなかったでしょ」

「うん、大阪っていうからビルばかりと思っていたものね。まさかここは……。だって、これじゃ山口も尾道も変わらないじゃないの。でも、なんとなくホッとするよ」

「山口みたいなものよ。でも、こっちの人たちの方が優しいよ。下町の雰囲気という感じかな」

ひとみの住んでいるアパートにたどり着いて、部屋の中に入っても話は尽きなかった。

「ひとみは、あと一年あるんだよね」

「そうだよ、あと一年ゆっくりさせてもらうよ」

「そうなんだよねぇ。うらやましい」

「恵はもう卒業だね。山口に帰るのよね」

「うん。やっぱり帰らなきゃいけないんだろうね」

「当たり前よ」

ひとみは強い口調で言った。

「だって恵は、箱入り娘じゃないの」

「違うよ。箱入り娘なんかじゃないよ」

ひとみにでさえも反発してしまう。やはり、誰にでもそう映るのかと思った。「いい子」から「箱入り娘」まで、自分でない自分を通さなければいけないという苦痛がたまらなかった。あの場所——本当の私がいる場所——から正明を見つめていたかった。

「ひとみ……」

「どうしたの、恵。何かあったんでしょ……もしかして彼のこと?」

「うん……聞いてくれる?」

今朝、ポストに投函してきた手紙のことを打ち明けた。黙ってひとみは聞いていた。そして、ぽつりと言った。

「恵……」

「う、うん……」

「恵はいい子だから、そんなこと考えていたなんて思わなかったよ」

私は首を横に振りながら言った。

「私って……そんなにいい子じゃないよ。それに……そのいい子という言葉、大嫌いなんだ……」

「ごめん……でも恵、本当に彼のこと好きなんだね」

そっと、私は頷いた。

「そう、あの人が好き。今までと違って素直に好きと言えるよ。胸を張ってね」

と心の中でつぶやいた。こんなに素直になれるのが、不思議なくらいだった。

「いいんじゃない。いい子というのは皆が言っていること、気にしないで。恵は、恵の道を歩めばいいのよ。自分の気持ちに素直になるのがいいよ」

「あ・り・が・と・う、ひとみ。でも、ひとみも何かあるんじゃないの?」

「うん、実はね……」

もう久しぶりの再会ではなかった。高校時代のふたりに戻っていた。学生時代の思い出、恋の話、同級生たちの近況話など、話は尽きることがなかった。ひとみは専門学校生で、あと一年、学生生活は残っていた。

三泊四日なんて、あっというまだった。駅で、ひとみは「恵、正直にね。そして、頑張ってね」と言ってくれた。私は「ふつうの子」になっていた。どこにでもいる女の子になっていた。


二月二十七日の昼下がり、私は岩国駅に降り立った。さすがに、昨夜は布団に入っても目が冴えて眠れなかった。夜が明けると、自分のとる行動に胸の心臓の震えは、どこまでも続いた。ぽつり、正明の写真に向かって「大丈夫だよね」と、つぶやいた。そして、朝方軽い眠りについた。

あの二週間前と同じ場所に、私は立っている。でも、今日は違っていた。大丈夫だった。ひとりぼっちではなかった。正明からの手紙に「鍵は郵便受けの中に入れておく」ということが書かれてあった。その一言だけでよかった。「私のことを受け入れてくれた」と、うぬぼれかもしれないが、小さいが、確かな気持ちだけがあった。

頬にあたる風は、あの時と同じくらいに冷たかった。ただ駅前から左に曲がって、まっすぐ歩いた。周りの風景を確かめる余裕はなかった。

どのくらい歩いてきたのだろう。目的の場所に立ち、見慣れた建物の前にたどり着いた時は、ホッとした気持ちと、本当に来てよかったのだろうかという後悔の気持ちとが入り交じっていた。もう動き出した汽車は、止まることは許されないのだ。動き続けなければならないのだ。

玄関の左側にある、手紙で教えられた郵便受けの中を見る。ちゃんと鍵が入っている。

「これが、これがあの人の答えだよね。受け取ってもいいんだよね」

と、ひとり小さく頷いた。鍵を宝物のように握りしめて、目の前の階段を駆け上がる。正明の部屋の前に立つ。誰もいないことはわかっている。しかし、誰かに見られているようで、何度も見渡して確かめる。急いで鍵穴に差しこむ。二回目でやっと、カチャッという音がする。そのままドアを開け、中に入り、急いで背でドアを閉める。全身から力が抜けていた。

誰もいない部屋。正明が残していった空気だけが、私を迎えてくれる。初めて訪れた部屋のようで、今までとは違う空間がそこにはあった。その場にしゃがみこみ、深いため息が自然と出てくる。

これからは孤独との戦いだった。時が流れている方向とは別の方向に、私だけが流れて

いるようだった。ひとりでいると
「なんて大胆なことをしたの？　本当に来てよかったの？」

という否定的な考えが、私を襲う。でも、自分の心をぶつけてみるには、これしか考えられなかったのだった。恋は人を変えるのだろうか。

部屋の窓から見える空の模様は、夕陽が地平線に沈むことを暗示しているかのように、オレンジ色に変わり始めていた。二時間近く、私は膝を抱えてただ一点、窓から空の色を見ていた。「もう、帰ってくる時間なんだよね」この激しい心の動揺を抑えることは、難しかった。体が震え、暖房のないこの部屋の中で、私は汗をかいていた。早く会いたい気持ちと、もう少し会いたくない気持ちとが、交錯していた。

ドアの向こうでは、それぞれが帰宅し、ドアを開け閉めする音が聞こえてくる。でも、この部屋のドアは閉ざされたままだ。部屋の本当の主は遅かった。

膝を抱えて座っていて頭を下げた時、カチャッという音がした。私は座り方を変え、ドアの方だけを見つめていた。そこには、正明の姿があった。幼い子が迷子になって母を見つけた時のような感動を覚えたが、言葉はどこかに消えていた。

「やあ……」

「……うん……ごめん、来てしまった……」

真正面から正明の顔なんて、見ることはできなかった。声をかけられると、涙がこぼれそうになる。

「今回の手紙には、本当にびっくりしたぞ」

「ごめんなさい……」

「手紙を読んでいくうちに、急に、恵が大人に見えてきた」

「……うん……」

正明の短い言葉のひとつから、今まで感じたことのない雰囲気を感じた。動揺？　わからなかった。

「明日は休みをとったから、ゆっくりしていけばいい」

こんな私のために、休みをとってくれたことがうれしかった。予期せぬ言葉がうれしかった。正明の体に触れたいと思ったが、硬直している私の体は、ここに座っているだけで精一杯だった。

「これ、何？」

テーブルの上に置いた小さな紙箱を見つける。それは、ここに来る途中、ケーキ屋さんに立ち寄って、イチゴが一粒乗ったショートケーキを二個、買ってきたものだった。「一緒にお祝いして食べよう」と、決めていた。

「誕生日おめでとう」

「うん、ありがとう」

「二十歳《はたち》か……」

「うん、二十歳《はたち》になっちゃったよ」

今日、初めて笑った。やっと、自分に戻ったようだった。

ケーキを箱から取り出すが、それを置くお皿なんてなかった。形なんてどうでもよかった。私の大きなわがままを受け入れてくれて、今ここにふたりがいることが、とってもうれしかった。今までの誕生日とは比べられないほどの Happy Birthday だ。家族で祝ってくれていた今までの誕生日よりも、今一番大切な人とふたりっきりで祝っている誕生日の方が、ずっとずっと幸福だった。大きなバースデープレゼントだった。

すでに外は暗闇になっていた。周りに点在する家の明かりが見えるが、夜空一面に広がる星を見るのには、狭い空間だった。ここで朝日を迎えるまで一緒にいる空間には、ちょうどよかったのかもしれない。

刻々と、時は刻まれていった。九時、十時、十一時と、時計の短針と長針は時刻を教えてくれている。口数もおたがいに少なくなっている。沈黙の時間が増え、どこを見つめていいのか、その場所を捜していた。どちらが先に口を開くのかわからなかったし、どのような言葉を発してもいいのかもわからなかった。

先に口を開いたのは正明の方だった。

「あの……俺のとこ、布団一組しかないけど……一緒に寝るか？」

「……」

そっと、私は頷いた。あの手紙を書こうと決心した時から、この時間がくることはわかっていた。でも、やはり怖かった。怖くて怖くて、胸が張り裂けそうだった。一瞬後悔の思いが、胸を横切った。正明の仕草から胸のうちを読み取ることはできなかった。でも、目の前にいる正明を見ると、不安は少しずつ薄らいでいった。

「おいで……」

「……」

正明が布団の端を上げてくれた。もう迷いはなかった。正明の体のそばに私の体を置いた。体のぬくもりが伝わってくる。

「あったかい、本当にあったかい……ずっとこのままで……」

目を見つめ、体に触れ、唇を重ね、体を重ねて、やっと私は自分の選んだ道を信じた。

暗闇の中で、正明の寝顔を見つけた時、心から思った。

「今日はありがとう。私のとんでもない、また、大きなわがままを受け入れてくれて、ありがとう。本当にありがとう……幸せだよ」

って。そして、安心して眠りの世界に落ちていった。

朝日が窓のカーテン越しに差しこんでくる。朝の訪れだ。静かなふたりだけの朝だ。目覚めて、隣で目を閉じている正明の顔を見た時、「初めての外泊」という事実を確かめた。私は「運命」と言っていいのか迷った。でも、「偶然の出来事」として見つめるのには、哀しかった。

静寂の中、ふと正明の声が聞こえてきた。

「おはよう……」

「おはよう……」

次の言葉を捜している。しばらくして、ぽつり……。

「夜、恵の寝顔を見たら、何もできなかった」

「……」

「なんだか、大事にしなきゃいけないように思えたんだ」

「……」

その時、ひとみの言っていた言葉が頭に浮かんだ。

「恵、もしその夜、彼との間で何もなかったら、彼の気持ちは本物だよ。うん、きっとそうだよ」

私は、はっきりと決めていた。

「この人についていこう。この人だけを信じてついていこう。もう、何も迷わない」と。私の心の中に芽生えていた恋は、次の階段を一歩ずつ登り始めていた。そして、そのことに私自身も気づいていた。

冷たい水で顔を洗う。背筋がピンとなる。この時、私は広い風吹く草原の中にたたずむ自分の姿を、心に描いていた。私は、風に逆らうように、体を揺らしながら、倒れまいと足に力を入れて立っていた。この恋は「両親には内緒の恋」だった。昨夏の出来事から、秘密にしなければいけなかったのだ。でも、秘めた恋ほど心は燃えるのかもしれない。

自分の心とまっすぐに見つめ合い、心を決めた私は、正明に何かを伝えたかった。でも、それは、一番大切な人を苦しめることになるかもしれないと思い、何も言えなかった。もちろん正明も何も言わない。それも、少しばかりの不安を私に残した。

数時間後、駅まで送ってくれる車の中で、私は小さな声を聞いた。

泣きながら電話をかければ
　バカな奴だとなだめてくれる
眠りたくない気分の夜は
　物語を聞かせてくれる

それは、初めて聞いた正明の歌う声だった。ひとりで口ずさんでいるのか、前方だけを見つめている。そして、私は次の歌詞を小さく口ずさんだ。

恋人がいます　恋人がいます
　心のページにつづりたい
恋人がいます　恋人がいます

けれどつづれないワケがある
私、みんな気づいてしまった
しあわせ芝居の舞台裏
電話してるのは私だけ
あの人からくることはない

この曲は「しあわせ芝居」という歌だった。これまでのふたりの時間が芝居ではないことだけを祈った。

第二章

愛のゆくえ

寮の部屋で、私は荷造りをしている。二年間ここで生活をした。窓から見える風景は、これからやってくる春の準備をしている。山々の色もあと一カ月もすれば、鮮やかな春の色に染まるのを待っているかのようである。私は、荷造りの手を休め、しばらく窓の外を見ていた。

「二年間、よく頑張ったね。そして、時の流れというものは早いものだね。特に、あの人と出会ってからの一年は早かった。でも、充実した日を送れた。もうサヨナラだね。この場所、忘れないよ」

感傷的になって、ひとつひとつの楽しい思い出を、心のスクリーンに映し出していた。

翌日、私は第二の故郷《ふるさと》である尾道をあとにして、西に向かった。列車に乗って、動く風景を見つめている。なつかしい風景だ。正明に会うために朝早く列車に乗って見ていた風景、休みになって帰省するたびに見ていた風景、季節ごとに彩りを変え、移り変わる時の流れを感じたものだ。もう二度と、この風景を目にすることはないと思うと、胸がジーンとしてきて、寂しくなるものだ。通り過ぎていくあの山、あの川、あの田畑、あの家とすべてがなつかしい。

三時間以上も列車に乗って、やっと私の生まれ育った町に降り立った。うれしかったが、同時に寂しくもあった。二年前、この町から離れる時、夢があった。しかし、ここに立っている私は、夢をつかんでいなかった。「あの夢はどこに行ってしまったんだろう」と、ひとり寂しくなる。

「この町で、自分のしたいことは見つかるのだろうか」

就職も決まっていない私の心は、重く重く沈んでいった。

両親も妹も、暖かく迎えてくれる。それなりにうれしかったが、私の心の重荷を察してくれるのは、誰ひとりとしていなかった。ひとつ屋根の下で暮らす家族でありながら、こんな寂しい気持ちを抱えている私って、一体なんだろう。わがままにすぎないのであろうか。「いい子」の役を演じるように、頭の片隅から小さな発信音が届いてきそうだった。

ただひとつ、私の心に灯りをともしてくれるのは、机の上に置かれてあるカレンダーに書かれてある赤い印のついた日曜日だった。岩国に行くことになっている。正明に会うために。ただ、この約束だけが、私の心の支えだった。

あの外泊の日から初めて会う正明。最初に出会った時のように、胸がドキドキする。

「元気だった？」

「うん……」

素っ気ない返事だけが返ってくる。

「報告があるんだ。就職、決まったよ。病院の医局事務なんだ。臨職なんだけどね」

「臨職でもいいよ、頑張れ」

「ありがとう」

一緒に喜んでくれる人がいるというのは、とってもうれしいものだ。

「でも、病院だったら……」

「どうしたの。喜んでくれないの？　なんか、心配しているの？」

「……」

「でも、今までみたいに長い間連絡くれなかったら、浮気しちゃうかもよ」

意地悪な答えを出した自分に、後悔した。そっと、正明の顔をのぞく。ちょっと顔つきが変わったように見えた。

「本当に、そう思っているのか」

「なんてね……ウソだよ」

やっと、大きな笑顔がこぼれる。この瞬間が、私は好きだ。

「今日は、早く帰らなきゃいけないんだろう」

「うん、ごめん。友達に会うと言って、出てきたから……」

寂しかった。今までみたいに長い時間、正明と一緒にいたかった。頑固な両親の存在が重かった。

「今日は、車で送る」

「ありがとう」

早めに岩国の町をあとにする。時間は、今までと同じ速さで刻まれているはずなのに、今日は特別、とってもとっても速く流れているように感じる。

いつもと同じ道を走らせる。どのくらい走り続けただろうか。私の町に近づき始めた頃、正明が口を開く。

「親父が、そろそろ身を固めろと言ってくる。見合いをしろと言ってくるんだ」

その言葉で、私は正明が遠くに行ってしまうことを感じた。そして
「やはりこの人は、大阪に帰る人なのだ……私は、それまでのつなぎなの？　別れようと言い出すつもりなの？」

と、フロントガラスをまばたきもせずに、見つめていた。通り過ぎる風景など、目には飛びこんでこない。ただ、春の陽射しがまぶしすぎた。

さらに、追いうちをかけるように、正明はどんどん言葉を続ける。私は、だんだん後退りをしていく。

「でも、まだ俺は結婚なんかしない。まだ、したいこともあるし……。それに、一生一緒に暮らす人は、自分で見つける」

「……」

私は、何も言わない。いや、言えないのだった。正明の言葉は聞きとれた。でも、頭の中で整理することはできなかった。

「どうした、黙りこんで」

人の気持ちも知らないでと、腹立たしくもなったが、体はずっとがんじがらめになった

ままだ。

「おい、聞いているのか？　俺が結婚したいのは、お前だ。わかっているのか？」

それでも何も言えなかった。ふいに、正明の暖かい手が私の手と重なった。この瞬間、ようやく現実の世界に引き戻されたような感じだった。正明の言葉は、私の心の中にどんどん流れてくる。まるで、川を流れる水のように。でも、理解できない言葉が多すぎた。

「でも、今すぐには一緒にはなれない。恵は、二年間親元を離れていたから、きっとご両親も寂しがられるだろうし。だから、二年間頑張って仕事をするんだ。貯金もする。指輪も買ってあげなきゃいけないし……」

「……」

何も言えない。「ありがとう」と一言、言えればいいのだろうが、それさえも言えなかった。両親のことをこんなに大切にしてくれていることが、何よりもうれしかった。正明の心の大きさをしみじみと感じた。少しの間だけでも正明を疑っていたことが、申し訳なかった。あの夜――二十歳になった夜――「この人だけを信じてついていこう」と決めていたはずなのに……。

正明と出会って一年。いろいろなことがあった。私だけの気持ちが走り出し、正明の気持ちをつかむことができずに、イライラしている時もあった。寂しくて苦しくてつらくて、泣いた時もあった。私ばっかりわがまま言って、困らせてばかりもいた。でも、正明を信じて、自分の心を信じて、前を見つめて歩いてきてよかったと思う。「結婚」という言葉を口にした正明の大きな胸に、今すぐ飛びこんでいきたかった。

あの最初に出会った時――お守りのお礼と言って、手紙の住所だけで、私の家を訪れてきてくれた春の昼下がり――に「この人とは何かがある」と、直感した私の第六感がうれしくもあり、怖くもあった。

この喜びも束の間、正明の寂しげな言葉を聞く。

「そろそろ、ご両親に話してくれるか？」

「……」

またまた無口になった。「やはり気にしていたんだ、ごめんね」と心の中でわびる。しかし、すぐに

「本当に話さなきゃいけないの？　このまま黙ったまま続けるのはいやなの？」

と心の中で聞いてみる。その答えを拒絶するかのように、黙って車を走らせる。その姿を見て、口は貝のように閉じてしまう。

国道二号線を走り抜け、市街地道を走り続ける。目の前には、私の家の方に左折する曲がり角が近づいている。

「もう帰らなきゃいけないんだ。別々にならなきゃいけないんだ……」

今日は、その曲がり角より手前で、車を停める。理由《わけ》はわかっている。助手席のドアに手をかけた時だった。

「ちゃんと話せるか？」

「……うん、大丈夫だよ……話してみる」

本当は、大丈夫なんてウソだった。泣き出してしまいたいほど苦しかった。でも、言えなかった。正明に心配かけたくなかったから。

「手紙で知らせろよ」

「うん、わかった」

もう、ドアを開けなきゃいけない。振り返って正明の顔を見るが、心なしか寂しげだ。大きな息を肩でして、ドアを開け、車からゆっくりと降りる。

「じゃあ……」

と、声にならない声で、そっとつぶやく。そっと手を上げ、今走ってきた道をUターンする正明を乗せた車を小さくなるまで見送り、私は家の方向に足を踏み出す。重い足をひきずるようにして。

正明とのことを両親に話すことは、あの優しい気持ちを一転させて、重苦しい気持ちにさせるものであった。一歩でも間違えれば、すぐさま谷底に落ちていくようでもあった。

「せめて、近くにいてほしいよ。そばにいて守ってほしいよ」と繰り返す。

遠距離恋愛のつらさを、またひしひしと感じる。どうして、こんなつらい恋愛を選ばなければいけないのだろう。すぐ手が届くところにいる人を選ぶことさえ、できたはずなのに……。どうしてなのだろう。……もしかして、試されているの？　神様に。

私は、これからどんなことになろうとも、戦わなければならなかった。それも、たったひとりで。

このようにして、春のある一日・長い一日が終わった。

四月になり、街路樹の桜の木もところどころに、薄いピンクのかわいい小さな花が見られるようになった。遠くの山々には、緑の中に淡いピンク色の小さな塊を見つけるようになった。きっと、山桜なのであろう。

私は、病院の医局秘書（肩書きとして）として働くようになった。臨時職員なので、入社式など何もない。紺のスーツ姿の同年齢の女性たちを見ると、わけもなくただ寂しかった。「本当にこのままでいいの？」と、誰かの声を聞いて、初めて大きな挫折感を味わう。

「もっと違う夢があったじゃない。それはどうするつもりなの？」

もうひとりの私の声を聞く。あの夢――通訳になる夢――は、もうはるか手の届かないところに飛んでいってしまっていた。でも、もうひとつの夢――愛する人と同じ道を歩む夢――があった。私は心の中で叫んだ。

「人を好きになれば、未来も変わっていくの。その未来に向かって、進んでいくだけなの」

まだ、私の心を重くしているものがあった。それは、あの時のあの約束だった。あれから十日近く経とうとしているが、私の心は何も進んでいなかった。

「ちゃんと話さなくてはいけない。でも、もう少しこのままでいようか」

と、ふたつの答えの間を心の振り子は揺れ続けていた。

ようやく、私の心はひとつの答えに決まった。隠すことは自分の望みであるが、正明にとっては重荷になっていくのかもしれないというのが、心を決めるたったひとつの要因だった。

その夜、居間にいるのが母だけであるのを確かめて、その場に自分の体を置く。第一声を発するのに、ずいぶんと時間がかかった。母はただ、自分のすべきことをしていた。

「今、ちょっといい？」

「いいけど……。何か話があるの？」

「うん……」

私は、大きな息を肩でした。たったこれだけのことで、どれほどの勇気を必要としただろうか。頭の中で整理していたことは、もう何もかも消えていた。頭の中はまっ白になっていた。

「あのね、会ってほしい人がいるんだけど……」

「会ってほしい人？　今、つき合っている人がいるということ？」

「うん、そうなんだけど……」

「その人って、もしかしてあの人のこと？」

母の言う「あの人」というのは、誰のことかわかっていた。正明のことだ。私は、うつむいたまま答えた。母がどのような表情をしているのかわからなかった。でも、想像することはできた。

「そう、岩国に住んでいる人よ」

「もう会っていなかったんじゃなかったの」

「……ごめん、会っていたの……」

「どうして?」

「どうしてって……だって好きだし、ずっと一緒にいたかったんだもの」

母との会話は、感情なんて何も伴っていなかった。事務的な受け答えにすぎなかった。少し母との距離を感じた。一線を引き始めようとしていた。

母は、今まで「いい子」でいた私が、まったく違う道を歩んでいることを知って、とまどっているのであろうか、しばらく考えていた。その母の目の前にいる私は、孤独を感じていた。

「会ってほしいということは……ずっとつき合うっていうことでしょ。その先のこと、考えているの?」

「その先って?」

「結婚ということよ」

「うん……あと二年経ったら、一緒になりたいの」

「あと二年って……約束したの？」

「うん、この前ね……」

すでに母は、想像さえもできなかった思いがけない事の起こりに、動揺している。しかし、私は「女同士だから、母娘だから、同じ血が流れているのだから……」という小さな部分——いや、一番深い部分かもしれない——で、救いを求めていた。

「結婚したいっていうことだよね？」

「そうだよ。あの人とずっと一緒にいたいんだよ。そして、あの人にずっとそばにいてほしいんだよ」

これが、私のまぎれもないたったひとつの真実だった。沈黙の時間が刻まれていった。

「最後に聞くけど、その人、長男じゃないよね？」

「えっ……彼は長男だよ」

「長男なの……」

この「長男」という言葉が、どれほどの重みがあるのか、私にはわからなかった。しかしこの時から、常に私にのしかかってきた。ズシリズシリと、徐々にそして着実に、私の体に重みを加えてきた。

もう何も話すことはなかったし、その気力さえも失っていた。母に「もう寝るね。仕事、大変だから……」という言葉だけを残して部屋に戻った。

疲れきっていた。ヘトヘトだった。救いを求めるように私はつぶやいた。笑顔の正明の写真に向かって。

「約束、守ったよ。ちゃんと話したよ。でも、とっても疲れた。……どうして遠くにいるの？　どうして近くにいてくれないの？　寂しいよ……そばにいてほしいよ。今よりももっと近くに……」

「寂しい」という言葉、正明の前で直接言ったことはなかった。自分の感情を抑えていた。正明の重荷になるのが怖かった。いつも支えてくれていたのは確かだったのに、今日ばかりはダメだった。「遠距離恋愛は壊れやすい」と、他人事のように聞いていたことが、私にヒタヒタと近づいてきているようであった。

私は、この時から母に対する心の垣根を作り始めていた。

「母にはわかってもらえない。母は女であっても、女である部分はあるのだろうか。人を本当に好きになったことがあるのだろうか」

表面上だけの母娘のように見えてきた。

プロポーズされたことを一緒に喜んでもらえなかったという事実は、凍りつくほどの冷たい事実だった。布団の中で目を閉じると、自然と流れ出すものがあった。

翌日、父の言葉を聞いた。もう立ち直れないほどのものだった。

「話は聞いた。絶対に許さない。もし一緒になりたいのなら、この家を出て行け。何もないと思え。……今後一切、この話はしてくるな」

それは、昨夜の衝撃にさらに衝撃を加えるものだった。何がいけないのか、わからなかった。今後、話ができないのならば、どこに光を求めればいいのだろうか。と同時に、両親と私の間にある溝の深さを、はっきりと知った。ひとりぼっち。

尾道から帰り着いてこの駅に降り立った時に、胸に抱いた不安が現実のものとなりつつあった。「ここでは、本当の自分が見つけられないよ。帰ってこなければよかった。……家を出たい……いや、家を出よう。この家を……」

私は迷いながらも、「手紙を待つ」と言ってくれた正明のもとに、手紙を出すことにした。その手紙を書きながらも、情けなくて、苦しくて、つらくて、手の震えが抑えられなかった。

お元気ですか。仕事、頑張っています。慣れないことばかりで……。

この前の話、両親に話しました。結果は反対されました。理由は、あなたが長男だからということです。信じられません。それに情けないです。

父には、一緒になりたいのならば、家を出て行けと言われました。

自分の気持ちに素直になりたいだけなのに。一生懸命やってきたのに。どうしてそれがいけないのかわかりません。

家を出たいです。あなたと一緒にいたいです。家を出てはいけませんか。あなたのそばに行ってはいけませんか。

いい手紙が書けなくて、ごめんなさい。連絡待っています。

恵

手紙を出し終えてからの方が、もっとつらかった。「きっと、もうあの人は私のことがいやになる。もうダメかもしれない。私のところから離れていくかもしれない」という思いだけが、頭の中をぐるぐると回る。私はしだいに笑顔を忘れていった。家にいても、病院にいても不安だけが募り、自分の居場所がなくなっていった。先の見えない暗い長いトンネルの中に、足を踏み入れてしまったようだ。

両親との会話は、途切れたままだ。父とは、目を合わすことさえも避けている。母は、正明のことをいろいろと聞いてくる。しかし、それに答えるたびに、私の心は頑なになっていく。

「恵は、二十歳になったばかりでしょ。それなのに、どうしてそんなに早く結婚相手を決めなきゃいけないの？」

「……」

「あの人じゃいけない理由でもあるの？」

私は、やっとの思いで答える。

「……好きだからよ。ずっと一緒にいたいからよ……」

「ただ好きというだけで一緒になったって。結婚ってそんなものじゃないでしょ」

「……じゃ、いやな人とでも一緒になれって言うの？」

「恵はまだ若いから、結婚というものがわかってないのよ」

「違うよ。愛があれば、思いやる気持ちがあれば……」

「自分が長女で、相手も長男だったら、結婚なんかできないと思わなかったの？」

「……」

もう口を開く気力はなくなっていた。どこまでいっても、堂々巡りだった。

私には二歳違いの妹がいる。正明には、私と同じ歳の妹と高校生の弟がいる。ただ、それだけである。それが一体、ふたりにどれほどの影を落とすのだろうか。ただ、長男と長女というだけで……。

母は、私が「恋は盲目」という言葉のようになっていると言う。それは確かかもしれない。しかし、人を好きになるのに、条件というものは何も存在しない。人を愛すること、それによって、ふたりの力で乗り越えられるものがたくさんある。

人を愛するということは、神様が生命あるすべてのものに与えられた、素晴らしい特権なのではないだろうか。我々の周りにある自然界で生きるものはすべて、恋をしてパートナーを見つける。どうして私がそれをしてはいけないの？　自分の幸福は、自分で見つけるものである。型にはまった幸福なんて、本当の幸福なんかじゃない。

父の夢は「私に養子をとること」だった。だから、大学進学の時も四年制大学は反対された。でも、いやだった。私は私でいたかった。人形になんかなりたくなかった。

子どもの人生に、親は入りこんで、子どもの夢を壊してよいものだろうか。親の夢を壊して、自分の夢を貫き通すならば、「親不孝者」というレッテルを、貼られるのであろうか。「いい子」はいつまでも、「いい子」でいなければいけないのであろうか。

私は、ため息をついた。両親を裏切ってでも、正明との愛を貫くことだけを考えていた。私の心は、恋から愛へと変わっていた。正明のためだったら、なんでもできるように思い始めた。たとえ「死」ということでも……。

それでも、夜になると怖かった。ひとりでこの状態の中にいることに耐えられなかった。正明の体の暖かさ・心のぬくもりを、この手で確かめてみたかった。無理だとわかると、その思いだけが、ますます私の体の奥で騒ぎ出していた。「やはり家を出よう」と、夜こっそりと、自分のバッグの中に荷物を押しこんでいた。そして、頭の中で夜のプラットホームに立っている姿を、思い描いていた。そこには、わずかな笑顔があった。


数日後、手紙を受け取る。差出人はわかっていた。封を切るのが、怖くて怖くてたまらなかった。「きっと、サヨナラの手紙だよ。きっと……そうだよ……」目を閉じて祈るような気持ちでハサミを入れ、封筒の中にある便箋を取り出した。便箋を開くが、目をあける勇気はなかなか訪れなかった。しばらくして、目に飛びこんでくる文字を、ゆっくりと確かめた。

手紙、読んだ。ショックだった。

でも、家を出ることはよくない。皆に祝福される方が、幸福になれると思う。一緒になるまでには、あと二年ある。じっくり時間をかけよう。

俺の気持ちは、変わらないことだけは伝えておく。恵にもらったお守りもある。頑張れ。

会える時がくれば、連絡してほしい。

正明

一回目を読み終えた時、サヨナラの手紙ではないことに胸をなでおろした。でも、少し寂しい気持ちもあった。

「あの初めて外泊をした時のように、ひょっとして、家を出て行こうとしている私を許してくれて、迎えてくれるかもしれない」

とひそかな期待もあった。しかし、家を出ることを許してもらうことはできなかった。この無情ともいえる気持ちを打ち消すように、私は何度も何度も読み返した。最後には涙が出てきて、どうしようもなかった。

「あの人を信じてついていこう。やっぱり私にはあの人しかいない。……他の人ではだめなの」

と心に決めた。そして、ようやく忘れかけていた笑顔が戻った。「あの時と同じだね」と、去年の夏の出来事を思い出して笑った。長くて暗いトンネルの中を、ただただ歩いて、かすかに見えた光に出会えたようだった。


今、正明と私は、父と応接台をはさんで座っている。この話を切り出してから数週間後に、父が会ってくれるようになったのはうれしかったが、いざ現実となると、あの話――長男と長女ということ――が、いつ出てくるのかと不安だけが募る。

とうとう、恐れていた話が出てくる。

「確か、長男だったよね」

やはり、予想通りこの話になった。

「はい、そうです」

「弟さんがいると聞いているが、養子にはこれないのではないだろうか」

「……」

私は耳をふさぎたかった。もうこれ以上、隣にいる正明にいやな思いをさせるのに、耐えられなかった。私の大切な人を守りたかった。

「ひとりでは決められませんので、両親と相談してみます」

「そうか」

もう、父は何も言わない。そして、部屋を出て行った。

私は、どんな言葉をかけていいのかわからなかった。正明からどんな言葉を聞こうとも、耐えようと思った。そして、ただ一言だけ伝えた。

「ごめんね。変な話になっちゃって……」

「いや、いいよ……」

「ごめん、本当にごめんなさい……いやな思いばかりさせちゃって……」

正明がどんなことを言い出そうとも、私は覚悟をしていた。でも、思いもよらない言葉が返ってきた。

「いいよ。養子のこと、親父と相談してみるから……それよりも、あまり両親のこと、憎むなよ。俺は大丈夫だから……」

「うん……」

その暖かい言葉に、涙がこぼれそうになる。正明の人間の大きさ、心の暖かさを改めて知った。「もし、この人を失ったら、私はどうなるのだろう」と思った。「きっと、生きていられないだろう」とつぶやいた。

でも、いい答えは見出せなかった。養子の話は決裂した。当たり前のことだ。女である私の方がおれなきゃいけないのに、男である正明の方に、できっこない答えを求めるのだから。

すでに私は、両親、特に母には通じ合うものは何もないと感じていた。まったく、考え方、感じ方の違うことをわかっていた。目に見えるものに幸福を求めようとする両親と、目に見えないものに幸福を求めようとする私は、平行線、いや前進すればするほど離れていく線のようになっていることを感じていた。同じ屋根の下で暮らして、血のつながりがあるのに、こんなにも寂しい思いをすることに耐えられなかった。ただ、心の中で大切な人の名前だけを大声で叫んだ。それしか今の私にはできなかった。

桜の花が咲く前に、正明の未来図を聞き、その中に私がいることを知らされた。「同じ道をふたりで力を合わせて生きていける」と、心から思った。幸福だった。「生きている」という実感があった。

それが、桜の花が全部咲き終え、新緑の葉が鮮やかに葉桜としてよみがえった今では、あの未来図が風船のように消えていくのではないかという不安と戦っている。春という暖かい季節と同様に、私の心の中に暖かさを運んできたものは、足早に過ぎ去ってしまったようだ。「生きている」こと自体がつらかった。


正明からの連絡は、しだいに遠のいていった。そして、完全に連絡がとれない決定的事実が起こった。それは、葉桜をも終えた季節だった。あと数週間もすれば、憂うつな梅雨を迎える頃だった。

日曜日に久しぶりに会う約束をした。しかし、大きな落とし穴があった。正確な時間を伝えられていなかった。カレンダーに印をつけた赤い丸いマークが、無情に私に再会の日を知らせていた。私は、家で連絡がくるのを待っていた。息を殺して、ただ祈るような気持ちだけで。心は岩国に飛んでいたが、体は家に置き去りにしていた。

もし尾道にいたら、間違いなく心も体も正明のもとに走っていた。しかし、今はそれができなかった。両親の視線があった。ふたりのことを完全に認めていない両親の視線が。

苦しかった。自分の気持ちのままで走り続けられない「いい子」の私が、苦しめていた。「どうして、まっすぐに彼のもとに走らないの？　もう気持ちは続いていないの？　……ううん、反対よ。会えない分だけ、会いたい気持ちは大きくなるばかり。彼を手放したくない。ひとりになりたくないの。でも……どうしてなんだろう……わからないの」

午後になっても、正明からの連絡はなかった。

「やはり、私のこと重荷になっているんだね。だから、会う日を決めても、時間まで教えてくれないいんだね。そうなんだね……」

もう胸の中は、不安だけだった。心の中に暗闇の世界が広がっていった。「でも、やはり違うのかもしれない」と思い直して、私は公衆電話から自宅の電話番号をダイヤルした。そして、受話器から聞こえてくる音が、すべてを物語っていた。耳にした音は「ツーツー」という話し中を教えてくれる音だった。「これって一体なんなの？　何かの暗示なの？　あの人と私が、引き裂かれる暗示なの？　……」全身の力が抜けていった。

「ウソでしょ、ウソだよね。昨日まではちゃんと使えていたのに。故障なんかしていなかったのに。どうして今日になってなの？　とっても大切な日に限って、こんなことになるの？」

何もかもが信じられなかった。正明との歯車がひとつずつ噛み合わなくなっていくようだった。

「ねえ、教えて。何か私が悪いことしたの？　こんな罰を受けなければいけないほどの罪深いことをしてきたの？　人を愛することがいけないことなの？　いい子の仮面を取ることがそんなに悪いことなの？」

家の目の前にある電話が、憎らしくてしかたなかった。故障が直っても、ふたりの心はもとに戻らないかもしれない。「時間よ、もとに戻って……」と叫んだ。こんなことがなければ、今頃は、正明の大きな暖かい胸の中にいたかもしれないのに……。すべては終わってしまった。

数時間後の夕方、今日初めての電話が鳴った。誰からか、わかっていた。恐る恐る受話器に手を伸ばした。

「もしもし……」

「どうしたんだ。いくら電話しても話し中だし……」

責められるのはわかっていた。でも、私の責任じゃない。

「あのね、電話が故障していたの。いつからか、わからないけど……」

「でも、今日は大切な日だったんだ」

仕事上の先輩に会う日だったのだ。それは初耳だった。だったら、どうして早い日に連絡してくれないの。私のことなんか頭の中になかったんでしょ。

「ごめん。でも……」

思っていることは何も言えなかった。長い沈黙が続いた。

「わかった。もうすんでしまったことは、しかたない」

「ごめんなさい」

「……もう切るよ」

「わかった。本当にごめん……」

「……」

返事はなく、正明が受話器を置いた音だけが響いた。「もう終わりかもしれない」とつぶやいた。長くつらい一日が終わろうとしている。そして、私は苦しみの暗い世界に放された。迷路の中に入った私は、出口を見つけられないまま、迷路の中に身を沈めていくのであろうか。

ひとりになって、この一年以上の時間の中で過ごした正明と私のつながりを考えてみた。

正明に対する気持ちに、確かに愛情はあった。「好き」とか「恋しい」という気持ちもあった。しかし、その言葉だけで片づけてしまうほど、単純ではなかったような気がする。一緒にいる時は楽しかった。そして、それ以上に、素直になることができた。愛情でつながっている、結ばれているというより、もっともっと深いものを感じていた。

「火傷するような激しい恋」というような言葉があるが、燃え上がる気持ちとは違ったが、必ず必要とする人って感じるような結びつきがあったように思う。このように感じる人との出会いは、滅多にあるものではないと、今思う。

ふと、誰かが言っていた「赤い糸の伝説」という話を思い出す。人は生まれながらにして小指に赤い糸を持っている。そして、それは愛する人、本当に結ばれるべき人とつながっているという。私は、この伝説をずっと信じていた。バカげた話と笑いとばす人がいるかもしれないが、私は信じていた。

でも、もう信じる心は失っていた。

「赤い糸は、私の小指にはないのかもしれない。はぐれて行ってしまったのかもしれない」

すべてが暗闇の中で動いていた。

道をはぐれてしまった私は、今までの私を捜していた。正明と出会ってから楽になった。それまでの「いい子」の役を演じなくてもよかった。肩に力を入れなくても歩けるようになっていた。「演じる私」から「自然体の私」へ、正明が導いてくれていた。

情熱的な恋愛をする恋人たちもいる。しかし、私のように燃え上がったりはしていないけれど、おたがいを必要とし、必要とされる恋があってもいいのではないだろうか。等身大の自分で好きな人と一緒にいることができる。この安らぎこそ、大切なのではないかと思う。そして、それこそ「一期一会」という言葉のように、大切にしなければいけない出会いなのではないだろうか。

「恋は花火のようだ」と言う人がいたけど、打ち上げ花火と線香花火のどちらなのだろうか。私は線香花火かな。でも、いずれは消えてしまうのだろうか。ゆっくりとゆっくりと燃え続けて静かに消えていく。それがお似合い？

本当は、正明のことを思うと、恋しくて恋しくて胸がはちきれそうだった。でも、今ではそれを通り越して、憎しみさえも感じていた。

正明の姿を見つけて、正明への思いだけで、私はひとり走り続けていた。しかし、それさえも迷いが生まれてきていた。どうしようもないギリギリのところで立ち止まっていた。

「ねえ、少し疲れちゃったみたいよ。あなたもなの？　……もう、あなたに追いつくことさえできないの。私の姿、あなたにはどう映っているの？　もう、見えてはいないの？　もう、愛に……愛に疲れを感じたら、だめなのかなあ……」

梅雨入り宣言が出されてから、雨が降り続く。今年の梅雨は陰性なのかもしれない。六月の最後の日曜日、窓ガラスを伝わる雨のしずくの中に、私は自分の心を映し出していた。窓ガラスを上から下へと流れる雨の小さなしずくを、手でなぞってみた。何度も何度も、同じことを繰り返す。

ほんの些細なことで、溝ができてしまった。何が悪いのか、未だにわからない。こんな罰を受けるほどの罪深いことをしてきたのだろうか。しだいに、心が深く深く沈んでいくのを感じた。会えない、まして連絡もない時間と反比例して、私の気持ちは加速度をつけて沈んでいった。

「もういいんだよね。本当に、このままでいいんだよね。あなたは……」

でも、どこかで正明を追っていた。「大事にする」と言った正明の姿を笑顔を追い続けていた。

平年通り、七月の半ばに梅雨明け宣言を受けて、一気にまぶしい光を、あの夏の陽射しを感じるようになった。一年前の夏の出来事を思い出していた。あの時は、守られているという実感があった。記憶の糸をたぐりよせると、今でも胸が締めつけられる。一体、どうしてこんな思いをするようになったのだろう。たった一年という時間の中で……。

私は、鏡の中で疲れた自分を見つけていた。夏の暑さと心の動揺で、笑顔はなかった。

「どうしたの、そんなに暗い顔をして……。そんな顔をしていたら、もう、あの人には会えないよ」

と言ってみる。

「もう、会えないよ、きっと。あの人はピリオドを打つ気でいるのよ。きっとそうなのよ。間違いなく、だから……」

と、強がりで自分の心の均衡を保とうとしていた。

でも、それは所詮、無理なことである。

「あなたは、このまま遠くに行っても平気なんだよね。私の心をこんなにさせといても、いいんだよね。……ふたりでいても、こんなにも苦しく寂しい思いをするのなら、あなたが思っているように、別々になった方がいいのかもしれないね……。あなたのためにも……」

笑顔を忘れた私は、あの未来図を心の中から消すこともできずに、どこまでも続く暗闇の迷路の中を歩き続けるしかなかった。たったひとりで……。

ある日、電話のベルが鳴った。誰からの電話か、直感した。怖かった。背中に緊張の青い光が走った。

「もしもし……」

「もしもし……」

間違いなく、正明の声だ。この声が聞けることを、どんなに待ち続けていただろう。しかし、いつもと違うことをすでに感じとっていた。胸さわぎがして、「落ち着いて」という声は消えた。

「元気だったの?」

「ああ……今度の日曜日、そっちに行くけど、いいか?」

「うん、いいよ……」

もう言葉は続かなかった。この場所から消えてしまいたかった。

「じゃ、その時まで……」

「わかった。待ってる……」

たったこれだけの会話の中で、どれほどの時間が必要だったのだろう。計り知れないほどの長い時間だった。本当は「待ってる」なんてウソだった。この電話の歯切れの悪さで感じていた、別れを。

深く沈んでいた心に火をつけ始めたのは、この電話だった。病院にいても、何かと戦っていた。落ちつかなかった。あの連絡なしの暗い日々は、学会シーズンと重なり、初めての慣れないスライド作りの仕事を、落ち度がなく片づけられたのが不思議なくらいだった。今は、仕事も一段落していて時間の余裕があり、頭の片隅には、正明との未来図の一部と消えていく夢の不安が重なり合っていた。

日曜日の朝を迎えた。私はひとり頬づえをついて、窓から見える夏の広くて高くてまぶしい青空を見ていた。

「鳥になりたい。そうすれば、この場所から飛び立ち、あのどこまでも続く空で、自由に飛べるのだろうか……ほんの少しの勇気があれば……」

時間は、いつもと変わらず刻まれている。私は願った。

「どうかこのまま、あの人が来ませんように。もう、今日は会わなくていいから、あなたの顔を見なくていいから。あなたの声を聞かなくてもいいから、家に向かってこないで。……もう少し、あなたへの愛を育てていたいの……どうか、引き返して……」

しかし、私の願いは通じなかった。目の前に懐かしい正明の姿がある。そして

「やはり、目の前にいるあなただけが好き。ずっと一緒にいたいの」

と、心の炎は再燃していた。

重い空気の中、テーブルをはさんで正明と私は喫茶店の中にいる。歩いているだけでは見すごしてしまいそうな階段を登った、二階にある喫茶店だ。店の中は幸いにも少しばかり薄暗く、ブラインド越しに入ってくる夏の光は柔らかかった。テーブルも数少なく、向き合うことすらうまくできないふたりには、似合いの場所だった。

テーブルの上には、アイスコーヒーがふたつ並んでいる。グラスの中の氷がひとつ、カチッと小さな音をたてて動いた。一体、どちらから声をかけるのだろうか。時間だけが過ぎていく。

「恵……」

「……うん……」

「恵、少しやせたか……」

「……うん、そうだね。やせたかもしれないね……」

その理由《わけ》は、おたがいに、わかりすぎるくらいわかっていた。

ふたりの間に流れる重い空気をふり払うかのように、正明が話し始めた。友人と海に行った時の失敗談や仕事のこと。作り笑顔の中に優しさを見た。しかし、私は正明と目を合わすことさえもなく、また作り笑顔さえできなかった。

そっと、目の前にある正明の顔をかいま見た。日焼けした顔があった。それ以外は何も変わっていなかった。心の中を除けば何も……。でも、一瞬見ただけで、二度と顔を上げることはできなかった。それよりも、私が忍び寄る別れの不安に押しつぶされそうだった時に、楽しい時間を過ごしていたと思うと、くやしかった。本当は、気持ちをまぎらわすためにとった行動かもしれないのに……。

今、ここにやっとの思いで座っている。頭の中は、三十分前に起きたことだけが、ぐるぐる回っていた。あれはきっと悪夢だったのだと願っても、今までに感じたことのない空気が、真実を物語っている。

それは、私の家の一部屋で起きた。

両親と向かい合って、ふたり並んで座っている。正明が今までのことを話し始める。

「父親とも話しましたが、やはり養子のことは、反対されました」

「……」

長い沈黙が続く。捜していた言葉が見つかったのだろうか。

「あの……あと二年経っても、お父さんの気持ちは変わらないのでしょうか？」

最後の問いを、正明が投げかける。その様子に、悩んでいたことを少しだけ感じた。「この人も……」私も同じ質問を、心の中で叫んでいた。何も言わなくても、同じことを考えている。これを以心伝心というのであろうか。これほど、通じ合うことのできる人が、他にいるのだろうか。血のつながっている親子でさえ、まったく通じ合わない関係があるというのに。それが否定されてしまう。それを打ち消すように、私は祈った。

父の最後の答えが出る。

「若い君たちには悪いが、気持ちは変わらない」

最悪の結果だった。すべてが、音を立ててくずれた。跡形もなく。

「お父さんには、血も涙もないの」

憎しみがうずまき始めた。隣にいる正明も、うなだれている。ふたり揃って奈落の底につき落とされる。もう二度と、はい上がることはできない。

「長女」という重みが、私の体と心をバラバラにしてしまった。二十年と半年生きた中で、初めて味わう莫大な絶望感だ。

「愛」はすべてのことを救ってくれるものであり、「愛」さえあれば、どんなことでも乗り越えられると信じていた。しかし、これほど不確かなものだとは思いもしなかった。

話が途切れる。あとは、触れてはいけない話しか残されていない。しかし、それを口にするほどの勇気を、ふたりとも、持ってはいなかった。

「もう、出ようか」

「……うん……」

私の目の前を歩く正明の姿がある。私の愛した人の後ろ姿だ。その大きな暖かい手に、もう一度だけ、触れてみたかった。大きな胸の中に、飛びこんでみたかった。でも、それは決して、してはいけないように思えた。もう遠くに、私の手の届かないところに行ってしまう人だから。ただ、見つめるだけだった。

何も話さない、話せないふたりを乗せた車は、まぶしい夏の陽射しの中を走った。

「もし、ここで交通事故にあって、一緒に死ねたら……」

と一瞬、私の頭の中はこんな思いに包まれた。

無事に私の家に着いた。でも、動けない。石のように体は固まっていた。

「着いたよ」

「……」

こんな時、次の行動を起こせる男の人の心が、わからなかった。

正明が助手席の方に回り、ドアを開けてくれる。でも、やっぱりだめ。今、降りたら、すべてが壊れていくようだった。神様は、救いの手さえも差しのべてくれない。放心状態のまま、その場に立ちつくしていた。

正明は、両親のところに、あいさつに行っている。

「逃げ出すなら、今だよ。今しかないよ」

と思っても、その一歩が出てこない。金縛りにあった状態だ。

正明が、こちらに向かって歩いてきている。「来ないで……来ないで……」と叫ぶ。一歩ずつ一歩ずつ歩いてきて、とうとう私の前に立った。何もしない、何もしてくれない、たったひとりの男性の姿だった。そっと見上げると、今まで見たこともない表情を見せている。この人も悩んでいたのだろうか。苦しんでいたのだろうか。でも、わからない。何もかも……。

寂し気なかげりのある表情を見せて、ぽつりとつぶやく。

「恵の家の花、一鉢もらっていこうか。……それを恵だと思って、大切に育てるよ」

「……」

何も言えなかった。言いたいことはあったのに、ただ、首を横に振るだけだった。

「いやだよ、そんなこと、いやだよ。だって、花が枯れてしまったら、私のこと、何もかも忘れてしまうんでしょ……いやだよ。花がほしいくらいなら、いっそのこと、私をそばに置いてよ……私じゃだめなの？　迷惑なの？　どうして、家を出たいと言った時に、受け止めてくれなかったの？」

太陽を背に受けて、ぽつりと最後の言葉を言う。

「ごめん、振り回してしまったね。でも、本当に恵と一緒になりたかった。結婚したかった。……俺は、これから先、結婚しない。……でも、恵は結婚していいよ。そして、幸福になれ」

「……」

どうして、そんなことが言えるの。たった四カ月という短すぎる時間の中で、まったく別の答えが出せるの。あんなに信じていたのに。私だって、結婚しないよ。結婚できるはずがないでしょ。きれいごとだけ、言わないでよ。

言葉を発することができないほどの、衝撃を受けている。口を開くことができないのだ。のどの奥で言葉を出そうとしているのに、全然できずに、ただピューピューと鳴っているだけだった。

目の前にある、暖かくて大きいことを知っている正明の胸に、顔をうずめたかった。もし、ここで泣きじゃくったら、思いとどまって、連れて行ってくれるのだろうか。

私は話すこともできないうえに、泣くことさえできなかった。人って、本当に本当につらい時には、涙って出ないものなのだろうか。そして、正明は、人って苦しくてつらいことが極限までやってきたら、目の涙腺は凍りついてしまうことを知っているのだろうか。

「もっとそばにいてよ。暖めてよ。ひとりになるのは怖いよ」

この一言が言いたかった。言えない自分が憎かった。

正明が車に乗り、頷いて、住んでいる町に向かって走り出した。まるで、私を振り払うかのように。

そのまぎれもない事実を知った。どのくらいの時間が経っていたのだろう。私は自分の部屋にたどり着いた。どのように歩いたのか、まったく覚えていない。全身の力が抜けてその場に座りこんだ時、やっと身の上に起きたことの意味がわかった。初めて、涙が頰を伝わった。もう、流れることしか知らない涙だった。しかし、言葉は失ったままだった。


夕暮れがやってきたことを、窓から見える空で知った。一体、どれくらいの時間を涙とともに、過ごしたのであろう。涙なんてかれることはないと思っていたが、ウソだった。もう流れる涙なんて、一滴も残っていなかった。かれ果てていた。悪夢だったと信じたかった。でも、そうではなかった。間違いなく、ひとりぼっちになった。

私が頭の中で考えられること、それは、引き裂かれた理由だった。「長男と長女」という壁を、乗り越えることができなかった。「家の存続」が、そんなに重要だったのだろうか。若いふたりの愛を否定してでも、重視されなければいけなかったのだろうか。

「家」って一体なんなの？

「家を守る」ということは、長男と長女だけがしなければいけないことなの？

皆で守ることはいけないことなの？　助け合うことはできないの？

長女として生まれてきた境遇が、あざわらっているようにも思えた。ウソでしょ。

八年間「いい子」を演じ続けて、その苦痛から救ってくれたのは正明だった。正明と一緒にいると、肩の力を抜いて生きてこられた。肩ひじ張らずに、自分の思いをぶつけることができた。とにかく、楽だった。「生きている」という実感を、持つことができた。つらい時でも、つらさは半減した。寂しい時でも、ひとりではないと思うと、心の中に暖かさを感じていた。私が、等身大の私でいることができた。それが、正明と過ごした短い時間だった。

でも、ふたりで描いた夢は、一瞬のうちに手の中から砂がこぼれていくように、簡単に消えていった。そして、もう二度と手の中に入れることは、できなくなった。自分で切り開いて、つかみとろうとした幸福が、波にさらわれていった。遠い遠い国へと。

私は、机の上にある『小六法』の本を、取り出した。そして、その中の日本国憲法の婚姻の部分を読み返した。これまでにも、何度も何度も繰り返し読んだ。ちゃんと、朱い線が引いてある。この線は、苦しんでいたことを意味していた。

第二十四条

①婚姻は、両性の合意のみに基づいて成立し、夫婦が同等の権利を有することを基本として、相互の協力により、維持されなければならない。

②配偶者の選択、財産権、相続、住居の選定、離婚並びに婚姻及び家族に関するその他の事項に関しては、法律は個人の尊厳と両性の本質的平等に立脚して、制定されなければならない。

この憲法に守られるはずだったのに……。一体、私たちがどんなことをしたというの？　幾度もつまずきながらも、補い合って頑張ってきたのに。たった一度の人生の中で、本当に信じ合える人と巡り合ったというのに。私の正明に対する愛は、真実だった。まぎれもない真実だった。

正明は、最後まで私の両親の不理解、頑固さには、一言も触れなかった。最後の最後になって、正明の人間性の偉大さ、優しさを知らされた。神様は意地悪だった。

私は、「長女として生まれてきた運命」をのろった。「長女に生まれてこなければ、こんな思いをしなくてもよかったのかもしれない」と、すべてを憎んだ。それは、私の体中の血液がすべて、逆流するほどのものだった。

両親に正明の人間性をわかってもらえなかったことが、私にはくやしかった。しかし、そのことを知ろうともしないで、「家の存続」にこだわり続けた両親が、憎かった。正明から「両親を憎むなよ」と、何度も言われていた。そのたびに、自分の気持ちを否定してきた。でも、もう今まで溜まっていたものが、噴き出した。

「私のこの苦しみを、両親にも与えようか」と、私はもう人間の心を失いかけていた。

周りは完全に暗闇の中にいた。窓からこぼれる月の光が、目に映った。この時、私はある決心をしていた。

「ひとりでいてもしようがない。ひとりぼっちはいやだ。寂しすぎる」

私の目の前には、便箋とペンがある。これから、正明に最後の手紙を書こうとしていた。


あなたと出会ってから今日までの、一年と半年という時間は、とっても楽しかったです。いろいろなことがあって喧嘩もしたけど、一生忘れることのできない貴重な時間でした。苦しい時もつらい時も、あなたがいてくれたから、頑張ってこれまでやってこれました。でも、私は、あなたに何もしてあげられなかったです。それだけが心残りです。

私の二十歳の誕生日の夜の出来事、家を出てあなたのもとに行きたいと願ったことは、本当の私の気持ちです。

あなたは、私のわがままを許して、優しく受け入れてくれました。不安も支えてくれました。とってもうれしかったです。やはり、最後まであなたについていきたかったです。家も両親もすべてを失っても、私は何も怖くなかったです。それよりも、あなたを失うことの方が怖かったです。

帰り際にあなたが言った「幸福」って、一体なんなのですか。どうか教えてください。私の幸福は、あなたのそばにいることだったのに……。あなたの幸福を願っています。なんて、そんなきれいごとは言えません。本当は、あなたと同じ幸福を見つけたかったから……。

もし、私が長女でなかったら、ふたりで描いた未来の夢は叶っていましたか。長女として生まれたことが、すごくうらめしいです。あなたと描いた未来図が粉々になってしまったことが、寂しくて哀しいです。そして、たったひとつの勇気が持てなかったこと、自分の意思の弱さを責めます。誰にも責任はなく、ただ私だけが……。

あなたと、二度とこない青春の日々を一緒に過ごせて、幸福でした。あなたへの気持ちは私の一生分の思いです。本当に最後までありがとう。

もし、生まれ変わって、もう一度あなたと出会えたならば、その時こそ、すべてを捨ててでもあなたと同じ道を歩みたいです。その時は受け入れてくださいますか。

本当に、今までありがとうございました。

恵

私に残されていた最後の力をふりしぼって、手紙を書き終えた。そして、ひとつの安堵感が残った。たとえ、正明のもとに届かなくても、誰も私の気持ちに気づいてくれなくても……。

今まで、苦しみもがいていた気持ちが消え失せ、私の心の中は、澄みわたる空のようだった。やっと自由になれる。私は、本当の自分の姿を取り戻していた。わずかな笑顔があった。

私は、右手にカミソリを握り締めていた。そして、グッと力を入れて、左手首に浮かぶ青い血管に刃を当てていた。痛みなんて感じなかった。赤い血がにじんでいくのがわかった。

この時、私の心の中には、アリスの曲である「帰らざる日々」の歌詞が流れていた。

バイバイバイ　私のあなた
バイバイバイ　私の心
バイバイバイ　私の命
バイバイバイバイ　マイラブ

第三章
消えぬ思い

一週間後の日曜日、私はひとり、上りの列車に乗っていた。周南コンビナートを抜け、瀬戸内の穏やかな海を見ていた。何度となく見ていた風景だった。何も変わっていない。ただひとつ変わったのは、私の心だけ。涙をいっぱい吸いこんでいる心は、その重さに耐えかねて、私自身の体も沈めているようだった。一時間三十分という、長いのか短いのかわからない時間だけを見送って、岩国駅に降り立った。どうして、この場所にいるのか、私自身にもわからなかった。ただ、もう一度だけ、最後にここに来たかったのだった。

左手首の傷は、少しずつ薄らいでいた。しかし、心に受けた傷はいやされるどころか、深く深くなっていた。こんな私に気づく人はいなかった。どこにも。

肩から下げたバッグの中には、あの夜書いた正明への最後の手紙がある。誰もいない正明の部屋に行って、ドアにはさんでこようと、列車の座席に座り、海の青さを見た時は考えたが、駅に降り立った時に、その思いは消え去った。怖かった。もし仮に、正明がいたとしても、ドアを開けた時に私の姿を見てドアを閉められる、拒否されるのが怖かった。本当に、生きる術を失うことになると、わかっていたから。

駅から左に歩いていくと、「錦帯橋行き」のバス停があった。このまま歩こうか、それとも……と迷っているうちに、一台のバスが止まった。私の体は、バスに吸いこまれていった。意思なんてなかった。

バスで十五分ほど揺られると、「錦帯橋前」のバス停に着き、私は降りた。夏の陽射しがまぶしすぎた。目の前には、全長二一〇メートル、幅五メートルのゆるやかな五連アーチ型の木橋、錦帯橋がある。多くの人々が歩いて渡っている。家族連れもいれば、恋人同士もいる。ひとりぼっちなのは私だけだった。

「この橋、あの人と一緒に歩いたこと……なかったなあ」

と思い出した。

時間をかけてゆっくりと渡った。そのまままっすぐに行くと、吉川氏の居館跡である広大な吉香公園がある。岩国は、吉川広家のゆかりの城下町だった。吉香公園の中心には大きな噴水があり、間近に見ると、その雄大さに、ちっぽけな私の存在を見た。

香川家長屋門が続く道を、ゆっくりと歩いた。途切れ途切れに、走る車とすれ違う。その時、私の視線は車の運転席に注がれていた。誰を捜そうとしているの？　わかっていた。誰の姿を求めているのか、わかっていた。でも……。やはり、だめ。まだ消せない。「あの人はここにはいないの。もういないの。捜してもムダなの」足元を見つめていると、流れ出しそうになる涙。「もう泣けない。泣かないで」と叫んでも、目を閉じたと同時に、ひと筋の冷たいものが頬を伝う。それでも、私は歩いた。

そして、岩国城行きのロープウェイに乗った。山頂に近づくロープウェイの箱の中から見下ろすと、錦川にかかる今渡ってきたばかりの錦帯橋が、小さく見える。そのまま、目を海の方向にやると見える。懐かしい風景が広がる。そこには暖かさがあった。夏の陽射しをいっぱいにあびているその町には、ぬくもりがあった。それが一瞬のうちに消えてしまったなんて、信じられなかったし、信じたくもなかった。でも、真実は……。

八分ほどで山頂に着いた。ロープウェイ駅を降りると、頂上にそびえ立つ岩国城への道順は二通りあった。人目を避けるように山道の方を歩いて、岩国城までやってきた。岩国城の天守閣にある展望台から見る風景は、最初に正明と見た時と何も変わっていなかった。変わったのは私だけ。それと、あの人だけ。

岩国城の周りの木々でおおわれた広場に、私は立った。大きな松の木の枝が、這うように広がっていた。手を伸ばせば届きそうな距離にあるのに、手を伸ばすことさえできなかった。眼下に広がる町のどこかに、あの人がいると思うと、涙腺はゆるんできた。それでも必死に耐えて、駅から歩いていったあの建物への道順を捜し求めた。もう、どうしようもなかった。それを見て、笑う者がいた。私の心の中にいる、意地悪な私だ。

「恵、どうしてここにいるの？」

「どうしてって……理由なんかないよ。もう一度、来たかったのよ、この町に」

「もう、彼はいないのよ。恵の元から去って行ったのよ。たった四カ月の時間の中で、最後は、あんなに簡単に背を向けられたのよ。それでも、忘れられないの？　憎めないの？」

「わからないよ。背を向けられたのは真実だけど……どうしても、わからないのよ」

「恵、残酷だけど、忘れるのよ。どんなに思っていてもダメなのよ。もう戻れないのよ。早く立ち直って。見ていられないよ」

「うん……」

「頑張れとは言わない。時間に身を任せてごらんよ、少しは楽になれるよ」

「そうだね……でも……」

「もう、でもという言葉、よそうよ。恵が思っているほど、彼の方は……思っていないよ」

「うん……」

「手首の傷だって、薄くなってきてるんでしょ。心の傷だって、いつかは……」

「……」

人はよく言う。

「失恋して心に受けた傷をいやすのは、時間だけ。日にち薬という言葉があるように、時の流れがすべてを解決してくれる。夜明けのこない夜なんてない」ってね。

でも、本当のことだろうか。まだ、どんな言葉も受け入れることはできないでいた。一週間という時間では、短すぎた。

ふと、私の周りの空気が動いたように感じた。振り向いた。誰もいなかった。何を想像していたのだろう。錯覚は、何も起こることはないのだった。

ここにやってきたのは、心の傷をこの場所に置き去りにしてくるためだったのかもしれない。しかし、それは到底できないことだった。終わったようで、終わっていない恋心に、もてあそばれている。心の整理なんて、いつになったらできるのだろうかと、迷いながらやってきた、小さな小さな旅は、夏の夕暮れとともに終わった。

その夜、正明の手紙と写真とネックレスを宝物入れの中に入れて、机の引出しの奥にしまった。何もかも忘れることなんてできないし、何もかも捨てることなんてできない。でも、二度と開けることがないようにと、祈った。

病院の医局秘書として働き始めて、一年が経った。私の勤務している病院は、総合病院なので、あらゆる診療科目があった。医師《ドクター》五十名近くの医局の受付事務が、主な仕事だった。春と秋に行なわれる学会の準備——スライド作り——が、大切な仕事になっていた。医師《ドクター》が学会で発表する症例データを、タイプで打つ。それも、見た時にはっきりわかるようにと、三対二の比率で打つのが、最初の仕事だった。それを、条件を三つにして、写真をとる。タイプした原稿に必要以上のライトをあてるのだから、汗だくになる。次にフィルムを放射線科に行って現像する。それを部屋に持ち帰り、アンモニアを使用したスライド作り独自の機械に入れ、バックが青で文字が白になるスライドを作り上げる。スライドを作成するのに、二日は必要だった。

学会は、ほぼ同じ時期に集中する。医局に私ひとりしかいないというのは負担が大きかったが、医師から頼まれた仕事は、すべてこなした。それは、何も考えられない状況に自分を追いつめていたかったからだ。午前八時三十分から午後五時までという勤務時間内に、次から次へとひとりで黙々と仕事をこなし、疲れて帰宅し、何も言わず食事をし、お風呂に入りそして眠る。次の日にも、また同じことを繰り返し続ける。三カ月ぐらいただひたすらに。

すべてから逃げ出したかった。何かを考える時間を必要としたくなかった。ただ、それだけだった。

また、学会シーズンを迎えた。仕事があり忙しいことが、うれしかった。生きている感じがした。「このまま、あの人のことが忘れられる」と、頭の中で考えていた。しかし、心の中は……。

いつも通りに、放射線科に行く。河村技師に声をかけられた。

「また、忙しくなってきたな」

「そうです。今までゆっくりさせてもらったから、頑張らなくっちゃ」

「あまり無理せずに。先生たちには評判いいよ、スライド」

「本当ですか」

何もわからず、私なりに頑張ってきた。うれしかった。私のことを必要としてもらえていると思うだけで。

「あっ、暗室の中に、四月からやってきた山口君がいるから」

「はい、すみません。では、現像してきます」

慣れている暗室でも、ドキドキする。なんでも見えている明るい場所から、何も見えなくなるまっ暗な部屋に入る第一歩は、勇気がいる。まして今日は、知らない人がいるのだから。

「失礼します」

「はい、どうぞ」

初めて聞く声。いつもならば、暗闇の中でも、ゆっくりと周りの輪郭が見えてくるのに、なかなか目の焦点が合ってこない。緊張している。その時、外から声がする。

「おい、山口。医局のお嬢さんだから、ちゃんと教えてやれよ」

河村技師の声がする。見知らぬ「山口という人」が「はい」と返事をした。

初めて現像した時のように、ドキドキと心臓が動いている。「早くすませて出よう」と思った。いつもと同じ量の現像物だったはずなのに、手がぎこちなかった。誰かを別に意識していたわけでもなかったはずなのに。現像し終えて暗室から出た時、見知らぬ人と目が合った。この人が、暗室から出ていったことさえ、気づかなかった。山口博志だった。

「紹介しとくよ。暗室にいた山口君」

「どうも。よろしくお願いします」

「こちらこそ」

頭を下げたかと思うと、次の仕事を始めていた。

「暗室で、何もなかった？」

「いやぁ、何もないですよ」

「ふうーん」

「いや、河村さん。変なこと想像してたんでしょ」

こんな会話を聞いているのか、聞いていないのか、相変わらず、自分だけの仕事をしていた。無愛想な人だった。博志は。


梅雨明け宣言が気象庁から出され、もう夏かと思わせるような日に、ビアガーデンに病院の仲間たちと行った。ジョッキで飲む生ビール。これからが、夏本番を思わせる風物詩だ。目の前に置いてあるジョッキを見つめながら、仲間たちの楽しい会話の中にいた。

それから二次会に行った。今度は、落ち着いた雰囲気の店だった。こぢんまりした店で、椅子が六つぐらいしか並んでいないカウンターと、ボックスが三台ほど置かれてある広さだった。仲間たちは、それぞれ気の合う者同士で、ボックスに座ったりカウンターにいた。私はカウンターに座っていた。隣には、あの博志がいた。どうして、並んで座っているのかわからなかったが。

皆それぞれ、好きな曲をリクエストして流してもらっていた。フォークが多かった。この頃のフォークは、それぞれ口に出せない思いをそのまま歌にしたものが多かった。心に響く歌が流れていた。いつしか、歌の中に自分を登場させ、ひとりの世界を広げた。そこには、誰も存在することはなかったはずだった。

「ねえ、ママ、リクエストしてもいい？」

「いいわよ、なんの曲……」

「『秋止符』なんだけど」

「シュウシフって？　終わりっていう歌じゃない。もしかして、失恋して？」

優しく微笑むママは、勘違いをしていた。

「シュウシフって、ママはこの字と思っているんでしょ」

私は、テーブルの上に「終」という字を書いた。

「あら、違うの？」

「違うのよ。秋という字を書いて、シュウシフと読むのよ。それに、終わりということじゃなくて、これから始まるということよ」

「そうなの。何か恵ちゃん、意味ありげなの？」

一度、医師《ドクター》に連れてきてもらった店で、その時紹介されただけなのに、ちゃんと私の名前を覚えてくれていた。うれしかった。たとえ、これが仕事だとしても。

「う、うん。なんでもないよ。ただ、聞きたいだけよ」

でも、これはウソだった。この曲が初めて耳に届いた瞬間、私の体は動かなかった。そして、ただ涙だけが流れた。すべてを思い出してしまったから。それを、またここで聞こうとしている。理由は何？

「じゃ、今の曲が終わったら、かけるわね」

「うん、ありがとう。よろしくね」

ママとふたりで話していても、隣にいる博志は何も言わず、静かに水割りを飲んでいた。

「変な人」って思った。でも、隣にいることは邪魔ではなかった。

左ききのあなたの手紙
　左手でなぞって真似みる
いくら書いても埋め尽くせない
　白紙の行がそこにある
友情なんて呼べるほど
　きれいごとですむような
男と女じゃないことなど
　うすうす感じていたけれど
あの夏の日がなかったら
　楽しい日々が続いたのに
今年の秋はいつもの秋より
　長くなりそうなそんな気がして

「いい曲ね」

「うん、いいでしょ」

もう、初めの頃のよくおしゃべりをする私ではなかった。口数も少なくなっていた。ただ、目の前にある水割りのグラスをじって見つめていた。両手で抱えるように。

「どうしたの？　この曲に思い出があるの？」

「……」

何も言えず、ゆっくりとうなずいた。

「失恋でもした時の歌なのか」

黙り続けていた、博志の声だった。前を向いたまま、ぽつりと言った。

「え、えっ……」

「急に黙りこんでしまったから」

グラスの外側は、水滴がたくさんついている。その冷たさが両手に伝わる。この感触がなんとなく好きだった。グラスの中の氷の一片が、カタッと音をたてた。それと同時に、私の心の均衡が崩れていった。

思い出してしまったのだ。昨年の夏のことを。正明との別れの場面を、鮮やかに思い出してしまった。心のスクリーンに描かれる時に、「映し出してはいけない。早く消してしまわなくっちゃ」って、何度も叫んだ。でもダメだった。その場面は、色彩をも伴って浮かびあがってきた。

目の前のグラスが、かすんできた。「もう私、だめかもしれない」と思った時だった。博志の存在が大きくなった。

いつしか、私は博志の胸の中に顔をうずめて、泣いていた。博志は何も言わない。ただ、そのままの状態を続けてくれていた。抱き締めてくれるはずでもなかった。男の人の胸が、こんなにも暖かく大きいことを、知った。忘れていた――忘れたと無理やり思わせていた――記憶が、駆け足のように、私の心の中で動き出していた。「まだ、心の中にいる。忘れられずにいる。あなたのことが……あなただけが……」これだけが真実だった。

数日後、医局の電話が鳴った。受話器から男の人の声がする。

「あの、医局の事務の方、いらっしゃいますか」

「あの、私ですけど……失礼ですが、どちらさまですか?」

「すいません。博志の友達の結木誠二といいますが……」

「えっ、博志って山口君のこと?」

「そうだけど」

「それで、私になんでしょうか？」

この電話の意味がわからなかった。誠二と名乗る人は、とにかく一度会ってほしいということだった。私の勤務する病院では、五時までが勤務時間だったので、三十分後に喫茶店で待ち合わせた。

この頃の五時は、まだ昼間の陽射しの余韻が残っていて、歩いているアスファルトからは、ムシムシとした空気が足にからみついてきた。これから、本格的な夏を迎えることを思い出した。

「また夏が来る……夏が……」

約束した喫茶店には、約束の時間より五分前に着いた。ボックスには二組の客しか、いなかった。入り口から見つけられるような場所を選んで座った。初めて会う人、名前だけしか知らない人、出会えるか不安だった。

約束の時間になって、やっとひとりの男性がドアを押して入ってきた。私の席にやってきて、向かい側の椅子に座った。

「すいません、急に電話して。俺、博志の友達の結木誠二です」

「はい……」

アイスコーヒーを一口飲んで尋ねた。

「申し訳ありませんが、ご用件はなんなのですか？」

「あの、率直に聞きますが、博志と何かありました？」

なんて、不躾な質問をしてくる人なのだろう。ちょっと、きつい感じで返事をした。

「いいえ、別に何もありませんけど……」

と言いながら、はっきりと覚えていないあの夜のことを思い出した。あの時は、博志の胸で泣いた後、酔いをさまして家に帰って、そのまま眠った。ベッドの中の私の体は、けだるかった。

淡々と誠二はしゃべった。

「あの……、博志、すごく落ちこんでいるんです」

「……」

誠二の話す内容は、私の頭の中では整理することはできなかった。

「あなたの心に、別の人が存在しているって。それも、かなり大きな存在だと言うんだ。誰も入りこむ余地はないって、言ってたんだけど……はっきり聞きますが、本当ですか？」

「……」

私は何も言えなかった。別の人が存在すると言えばウソになるし、存在していないと言ってもウソになる。しいて答えを出せと言われれば「忘れられない」ということしか言えなかった。

しばらく、困った顔をして下を向いている私から、何かを感じとったのだろうか。

「やはり、博志の言っている通りなんですね」

「……」

沈黙の時間が続いた。私にとっては、苦悩の時間だった。早く、この場から立ち去りたかった。

「わかりました。呼び出して申し訳ありません。博志のこと、聞かなかったことにしておいてください」

「……すいません……」

アイスコーヒーを一気に飲んで、誠二は優しい言葉を向けてきた。

「あの、帰りはどうしますか。よかったら送りましょうか」

「いいえ、結構です。私、自転車通勤なんです」

「そうですか。では……」

「はい……」

「先に出ますから」

そのまま、誠二は伝票を持ってレジに行き、ドアの向こうに消えていった。

しばらくして、私も席を立ち、この店をあとにした。帰りながら考えていた。

あの夜の翌日、廊下で出会った博志は、いつもと何も変わりはなかった。ただ「あまり飲みすぎるなよ」と言って、肩を叩いた。博志の気持ちなんて、全然、わからなかった。仕事のことしか病院内では、話していなかった。それが、思いもよらぬことを聞いてしまったのだった。

自転車に乗って帰る気には、なれなかった。自転車をゆっくりと押しながら歩いていた。あの店に、どのくらいいたのであろうか。まだ、夕陽は西に沈みかけていたが、夕方という言葉は似合わなかった。

しばらく歩いていると、懐かしい場所に近づいた。この交差点を抜けて右手の三軒目に見えるもの、それは、あの階段だった。あの日、正明と会った最後の日に訪れた場所の入り口だった。

そっと見上げた。あの時と同じだった。ブラインドの上げ方も観葉植物の置かれた位置も、変わっていなかった。ただ、変わっていたのは、窓に映る陽射しの色の違いだけだった。体だけを今立っている場所に置いて、心だけが店の中に吸いこまれていった。

誠二の言った博志の言葉に、間違いはなかった。あの人が、あの時以上に、私の心の中に生きていることを知った。どうしようもない思いを、胸の深い場所に閉じこめている。すべて忘れてしまえばいいのだ。すべて憎んでしまえばいいのだ。そして、手の届く人を少しずつ受け入れれば、自然に忘れられるのかもしれない。でも、無理だった。いや、本当は、忘れたくないと、つっぱっているのかもしれない。

私は、もう、人を好きになる資格はないのかもしれない。一番大切だった人を傷つけてしまった。そして、また今も、別の人を傷つけてしまった。自分が傷ついたと思っていたことが、他の人を傷つけていたのだった。

この時から「恋」に臆病になっていった。私自身がみじめになるのが怖かった。報われない愛の結末を知ったから、自分をさらけ出すのが怖かった。「演じる」ことで、自分を守る手段を覚え始めた。

「演じる」ということは、そんなに簡単なものではなかった。自分の気持ちを隠すことだから、めちゃくちゃ疲れた。夜、布団の中に入り、目を閉じると、自然と涙が頬を伝わった。「怖いよ、怖いよ」と叫んでも、逃げ出すどころか、どんどん暗闇の中にひきずりこまれていくようだった。時には、どうにもなってしまえと投げやりな気持ちと戦っていた。

「どこか、ふたりっきりになれる場所に行こうか」と、二回り以上も年が離れた男性から、誘われたこともあった。このことが、どんな意味をしているのか、バカな私でもわかった。

「いっそついて行こうか。一度も行ったことのないところに行き、心を置き去りにした体を重ねて、私自身がバラバラになったら、何もかも捨てられるかもしれない」

と思った。しかし、指定された場所には行かなかった。弱い自分から飛び立てるチャンスだったかもしれなかったのにと思いながら、違う人の手の中に落ちなくてよかったという気持ちが、うずまいていた。

いろいろなことが起きた二十二歳の年も、もう暮れようとしていた。

いつしか町には、ジングルベルの音楽も流れ出していた。店のウィンドーも、一年に一度しか飾られない装いが、施されていた。アスファルトの道を歩く私の足の周りで、木枯らしに吹かれてやってきた、茶色の枯れ葉が舞った。

「君たちも、はぐれてしまったの？」

今年もロンリークリスマスを迎える。テレビを見ても、ラジオを聞いても、すべてがふたりっきりで過ごす楽しげな恋人たちのクリスマスのことが、目に耳に入ってくる。別世界のことだった。

家にいるのだから、本当はひとりではない。「家族と過ごすクリスマスも楽しいもの」ということはわかっていた。でも、やはり寂しかった。ひとりぼっちという感じは、ぬぐいきれなかった。母が「クリスマスケーキ、買ってきたよ」と言って、テーブルの上には鶏の唐揚げやサラダや多くのものが並んでいる。

うれしかった。「これが家族だよ」って言えたが、やはり、ひとりになって、部屋の窓から見える家の明るい灯を見ていると、

「あのキャンドルの火は、素敵な恋人たちを照らしているんだろう」

と思うと、ひとりぼっちという真実が、ものすごい力を、私にぶつけてくる。あと何回、こんな思いをひとり、かみしめなければいけないのだろうか。膝を抱えて、襲ってくる孤独感に耐えた。

二十三歳になってから、私の周りは動き始めた。まず、見合い話が持ちこまれるように

なった。いやだった。ずっと、ひとりでいたかった。ひとりでもいいと思っていた。でも、世間は「わがまま」として拒否した。何度、話が持ちこまれただろう。一度、二度なら簡単に受け入れてもらえたが、回数が重なるたびに、断わることが難しくなってきていた。

母には、「好きな人がいるの?」と聞かれた。一瞬ためらった。しかし、私は首を横に振った。素直になれない自分が、哀しすぎた。私の心の中は、私が一番知っていた。

好きな人?　いるよ。でも、報われることは決してない。あの人は、私にはっきりと背を向けたから。いくら思い続けても、決して気づいてくれるはずはない。でも、忘れられない。いつもあの人と比べている。あの人だったら、こんな時にはこうしてくれる。あの人だったら、こんな時にはこう言ってくれるってね。わかっているよ。早く忘れなきゃいけないこと。でも……できないの。ごめん。

何度も、正明のことを憎もうとした。憎んだら、きっと、嫌いになって忘れられると思っていた。正明と過ごした時間を、心の中のアルバムの中から少しずつ出していき、憎む場面を必死になって捜した。何日も何日も時間をかけた。でも、だめだった。憎む場面が見つけられなかった。正明は、何ひとつ悪いことをしていなかった。いつも、私は正明の心の暖かさの中で生きていた。

ただ、一番最後の場面にやってきた時、「これこそが、憎める場面だよ」と思った。しかし、それさえも憎めなかった。だって、悪いのは私だから。勇気を持てない、強い意思を持てない私のせいで出された結果だったから。やっぱり、最後まで正明の姿は消えなかった。

もう一度「好きな人」という言葉を口にした時、ふたつの名前が頭の中をよぎった。ひとつは正明の名前。そして、もうひとつは博志の名前だった。博志の名前がよぎったことは、私自身が一番びっくりした。でも、それは「好き」ではなく、その一歩手前の気持ちのようだった。

もし、好きな人がいても、両親は決して許してくれるはずはない。それは、あの時、はっきりと知っているから。私があんな思いをすることは、そして、大切な人をあんな悲しい気持ちにさせることは、もうたくさんだった。あの人の時だけでよかった。十分だった。傷つき傷つけ合うのは、もう味わいたくなかった。

こんな気持ちで結婚することは、罪深いことである。しかし、私の胸の奥底に潜む思いなんて誰も知らないから、いや、悟られまいとつっぱっていたから、結婚＝幸福という方式をあてはめる。逃げ出したかった。遠くに行きたかった。でも、行くところなんてどこにもなかった。本当は、私自身が勇気を持たずに甘い道を選んで、自分で自分を殺しているのかもしれなかった。


またやってきた見合い話。私は今まで通り、初めから断わるつもりでいた。しかし、この時だけは容赦なく私の首を締めつける。見合いをしたその日のうちに、結論を伝えた。翌日、仕事を終え帰宅した私は、母に念を押すように聞いた。

「ねぇ、断わってくれた？」

「まだだよ」

「どうして？　早く断わってよ」

母との会話は、いつもこれで始まった。あんなに、母とはいろいろなことを話していたのに、まったく別人になった私がいた。心のどこかで母を拒絶していた。

「何がいやなの？　いい人みたいじゃない、哲也さん」

「でも、まだいやなのよ」

「どうして、一回しか会っていないのに、決めるの早いんじゃない？」

「見合いの人、哲也さんって言ったっけ。その人とは合わないのよ、相性が。合うかどうか、一回でわかるわよ」

「わかるわけないでしょ。何がいやなの？」

いや？　理由なんてなかった。出会った瞬間「この人じゃない」という第六感が動いた。実は、この私の第六感、結構あたっていて、自分でも怖い時もあった。それは、正明との時からだった。

出会った瞬間「この人とはきっと何かある」と感じた。そして、二十二歳の時に結婚しようと言われた時、怖かった。実は、高校生の頃、ひとみたちと結婚したい年齢を話していた時に、私は頭の中で「私は二十二歳の時、家を出る。それも大恋愛をして反対され、駆け落ちのような形で、好きな人と暮らすだろう」という思いがよぎった。

これを思い出し「もしかして、これって霊感？」と怖くなったものだ。そして、その後こんな予感があった。「このチャンスを逃せば、私はずっとひとりかもしれない」って。

人は、結婚する人とは何かを感じるものがあるという。私は、この話はもう遠いおとぎ話になってしまったが、哲也にはまったく、何も感じるものがなかったのだった。

それでも、なんとか接点を見つけようと努力した。本当は、人を好きになるのに「努力」ということは、必要ではなかったのだ。

二カ月後、またいつもの会話が始まった。

「一体、いつになったら断わってくれるの？　早くしてよ」

「でもねぇ……」

「前から言っているでしょ。いい人かもしれないけど、好きにはなれないのよ」

「いい人とわかっているなら、一緒にいれば、好きになれるわよ」

「……」

もう話す言葉はなかった。何ひとつもわかっていない。本当に、何もわかっていない。「いい人」と「好きな人」とは、まったく違っている。いい人には愛情を感じない。でも、好きな人には愛情を感じる。ただそれだけの簡単なことなのだ。私は心の中で叫んだ。

「お母さん、あなたは人を好きになったことがあるのですか？」

三年前と何も変わっていなかった。条件だけを先行させていた。哲也は、次男で私の高校の先輩にあたった。それだけの条件で、私の人生のレールを敷いている。両親の夢と一緒に。人間性とか愛情とか計ることのできないもの――しかし一番大切なもの――は、隅の方に追いやられている。

見合いって、こんなものなのかと、他人事のように、私の身の上に起こっていることを、冷ややかな目で見つめていた。ネコににらまれたネズミのように、身動きがとれなくなっていた。

病院の医局にいる時だけが、自分の居場所を見つけている時だった。自分だけの空間があった。私を必要としてくれる人たちがいる。それだけでよかった。博志とは、相変わらず話をするが、なんとなく心にひっかかるものがあった。

「ねぇ、山口君……結木さんという人、知ってる?」という言葉を飲みこんだ。聞かされたことを確かめるわけにはいかなかった。

何もなかったように接してくれる博志を、ありがたいと思ったが、それ以上のものなんか、まだなかった。気持ちを切り換えれば、人を傷つけないで、もしかしたら、博志も私も変わっていけるのかもしれない。しかし、気持ちは頭で考えるように、うまくいかなかった。

つらいことも苦しいことも、時間が解決してくれると誰もが言うが、それは私にはあてはまらなかった。心の傷がいやされる時間は、あとどのくらい必要とされるのであろうか。

哲也との見合い話が持ちこまれた新緑の季節から、夏の終わりを迎えようとする季節に移っていた。病院では、秋の学会シーズンの準備、そして、家では、母との交わることのない会話が始まる。

「恵、いい加減に決めたら？」

「だから、断わってって前から言っているじゃない。それなのに……」

「女から断わるとねえ……」

「いいじゃない。どっちから断わっても、関係ないわよ」

「でもねえ、これほどのいい話はねえ……」

「いい話って……」

次の言葉は言えなかった。いや、言うことを拒んだ。だって言えば、自分がみじめになるようだった。

「真由だっているのよ」

母はぽつりと言った。


真由は私の二歳違いの妹だった。高校卒業後、専門学校に行ったが、まったく違う方向で働いていた。親に反抗的な私と、親に従順な真由。正反対なふたりだった。

真由と私の関係。それは、姉妹ではなく母娘のようだった。真由は、常に私のあとを追いかけ、真由にふりかかった問題を解決したのは、実の母ではなく、仮の母・私だった。それを見て大人たちは、私のことを「しっかりしているお姉ちゃん、頼りになるお姉ちゃん」と表した。弱味を見せることは許されなかった。真由は笑顔が似合ったが、私は笑顔が似合わなかった。常に「頑張れ、頑張れ」の声を、背中で聞いていた。

私が小学高学年の時、こんなことがあった。真由と一緒にいたが、どうしても許せないことがあった。どんなことなのか、記憶にないのではあるが。その時、母に「恵はお姉ちゃんなんだから、真由の面倒ちゃんと見てて。お母さんは忙しいのだから」と言われた。

家は自営で、忙しいことはわかっていた。しかし、やはりどこかで求めていた。背伸びするのがいやだった。私は、無意識のうちに右手に鉛筆を持っていた。芯はとがっていた。それを、真由の頭の上に降ろした。「真由の方が悪いのに……」と思いながら。真由は泣いて、母に言いつけた。もちろん、叱られたのは私だった。

「もう、こんなことはすまい。真由のお姉ちゃんなんだから」と自分に言い聞かせたが、やはり、私の寂しさを誰も気づいてくれないことが、ものすごく寂しかった。もしかしたら、自分を押し殺すこと――「いい子」でいること――を少しずつ覚え始めたのは、この頃かもしれない。

もう、投げやりの言葉しか、私にはなかった。

「真由が、先に行っちゃえばいいじゃないの。見合い結婚にすごくあこがれているし」

「何バカなこと言っているのよ」

「自分のためじゃなくて、真由のため、親のため、家のために、結婚しろと言うの？」

「そうじゃないけど……」

「そうじゃなかったら、なんで急ぐのよ？　私はいやだと言っているのに」

もう苦痛だった。「長女」に「結婚」に「家」にと、私の周りを取りまく環境、すべてが重荷だった。真由が「私が家に残る」と言ってくれたらいいのにと、心の底から思った。

真由がまぶしく見えた。

哲也といても、どことなくぎこちなかった。ふたりの間にある空気は、張りつめていた。おたがいに、構えている雰囲気があった。

「これが、結婚を考えているふたり？　……ううん、違う。もっとわかり合えてもいいはず……どこかが違う。何かが違う……このまま続ければ……怖い、怖い」

と私は叫んだ。不気味な第六感が動き始めた。そして、ひとつの答えに到達した。

「この人と、長く続くことはない。いずれは別れることになる」と。

私は、また誰かの影を追っていた。忘れようとする私と、忘れたくない私とが、戦い続けていた。一時的に、博志の存在を考えたこともあったが、正明の存在を消し去ってくれるほどの力はなく、反対に、博志の存在が心の中から消えていった。三年という歳月は、私になんの意味をも与えていなかった。

とうとう私は、思い出が詰まった箱を取り出し、そのふたを開けていた。あの夜――三年前の夏の夜――、何かをふっ切るために、涙をこらえてふたをしたはずだったのに。

「あなたのそばには、今、どんな人がいるのですか。きっと優しくてかわいくて……そんな人なのでしょうね。やはり私は、ただの通りすがりの人だったのですか。あの時、話してくれた夢を、今、その人と一緒に追っているのでしょうね。もう、結婚しているのですか。きっと、結婚しているよね。……三年という時間が経っているものね。あなたに守られている人がうらやましい。……ねえ、私、結婚しなきゃいけないのでしょうか。教えてください。黙っていないで、本当に教えてください」

私の目の前にいる写真の人は、何も答えてくれない。そんなことはわかりきっていた。でも、何かがほしかった。木枯らしが吹き続ける私の心は、暖かい灯りを求めていた。

第四章
氷の世界

新しい年を一カ月で迎える頃に、私は哲也と結婚することにした。両親に伝えると、この心変わりを手放しに喜んだ。一八〇度の展開だった。この時「本当にいいの」という言葉はなかった。私は心のどこかで、この言葉を待っていた。私のことを考えてくれているという実感がほしかった。でも、その願いは届かなかった。私は、ただの人形なの?

この結論の背景には、氷のような冷たい心を持つ悪女である私が、存在していた。「家の存続」と「世間体」を先行させる両親に、長女として生まれ、大きな愛を失った私は、「復讐」という形をとろうとしていた。

表面上は、仲のよい親子に見えていても、私は母に一線を引いていた。そして、心の垣根――これは三年前からできたものであるのだが――は高く高く積まれていった。飛び越えて相手の心の中に入っていって、ぬくもりを見出すことを拒否した。残酷な事実だった。

「とにかく家を出たい。早く家を出たい」とひとりになれば、いつも思っていた。

ある日、いつも通りの会話が始まった。

「恵、いつになったら決めるの？　あまり待たせてもねぇ……」

「だから、断わってって言っているじゃないの」

「でも……もうないかもよ」

ない。見合い話がこなくなるということ。そんなに結婚することが大切なのだろうか。幸福なのだろうか。

「今は誰とも結婚しない。ひとりでもいいじゃない」

「いつまでもひとりでいるわけにはいかないでしょ」

「じゃあ、好きでもない人と一緒になれって言うの。それだったらひとりの方がいいよ。ひとりの方が……」

「理想が高すぎるのよ。お父さんも言っていたように」

違う。理想なんかじゃない。愛情を大切にしたいだけ。もう何も言えなかった。私の気持ちは絶対に通じないと思った。「血のつながり」って一体なんなのだろう。

しばらくして、

「言わないでおこうと思ったけど……興信所で哲也さんのこと、調べてもらったのよ。いくらかかったと思っているの」

「……」

私は絶句した。耳をふさぎたかった。情けなかった。何も聞きたくなかった。頭の中がまっ白になった。

私を生んでくれた母に、興信所の費用のことを聞かされ、自分をひとりの人間としてではなく、ひとつの商品として見られていると感じた時、私の憎悪の気持ちは最大限に達していた。夢を抱《いだ》き続け、その夢をあきらめてもいいと思える人と出会った。そして、その愛をいつまでもどこまでも、貫くことを心に決めた。しかし、それは見事に打ち砕かれた。

そして今、愛情も何も感じることのない、ただ条件だけが整っている人のもとに、嫁ぐことを幸福と勘違いされている。物質的な幸福だけを信じている。自分たちの敷いたレールの上を走ることが、子どもの役目と思っている。

この頃は「離婚」という言葉を嫌っていた。私は、この結婚話を受け入れても離婚という形をとることで、人を愛することの重大さを、両親に見せつけるつもりでいた。これが、「いい子」の仮面を被って、窮屈さを感じながら、人に後ろ指を指されていくことを怖がり、「いい子」に甘んじ続けていた私が、その自分の殻を破った瞬間だった。

子どものことを信用して、人間として持つべき感情――人を愛するということ――を感じて、私の選んだ人を信用してほしかった。本当に、私を信用してほしかった。もっともっと、信用してほしかった。私の意思の弱さもわかっていたが、本当の気持ち、本当の私を見てほしかった。私を認めてほしかった。

そして、私は両親の建前と本音を、しっかりと知った。建前と本音。それは、社会で生きていく中で、誰でもが持っているものであろう。私だって持っている。だから、そのことで両親を責めたりしたくないが、私にとっては、あまりにも残酷なことであった。

よく両親は私に「子どもの幸福を願わない親はいない」と言っていた。初めの頃――中学生の頃――は、それを素直に受け止めていた。しかし、多くの時間が過ぎる中で、私は知った。子どもの夢・幸福というが、私の願いを受け入れてくれた時は、一度もなかった。高校生の時、大学受験の時もそうだった。私が初めて真剣に愛した人との結婚の時もそうだった。そして、哲也との結婚話をいやがった時もそうだった。私の夢よりも自分たちの夢を先行させた。夢・愛を失って、心に受けた傷など、何も感じていないようにさえ思えた。

親をそのような目でしか見えない子どもの寂しい気持ち、わかってもらえるだろうか。人を憎むことはとってもいけないこと、決してしてはいけないこと、それはちゃんと知っている。でも、どうしても私の心は、両親に対して開けなかった。本音が、あまりにも残酷な結末を、私に選ばせたのだから。

新しい年の幕開けだった。どこの家も新春のまぶしい光を受けていた。初詣に行った。哲也と行く気になれず「皆で行くのも今年最後だから、一緒に行こうよ」と、心にもない優しいことを言って、家族と行った。多くの参拝者と同じ方向に歩いて行った。手と手を合わせた。何を拝んだのだろう。

この頃に聞かれることは「今年の夢は何？　抱負は何？」という言葉。もし私にあてはめたら、どう答える？「今年は結婚するので幸福になります。笑顔の多い、明るい家庭をつくることが夢です」と言えただろうか。本当は、心の中には何もなかった。ただ「もう何も言われなくてすむ。家を出ることができる」それだけだった。

そして、私の周りは、出した結論に向かって動き出していた。私には、まったく他人のことしか写らなかった。このことはひとみさえも知らない。私自身が、知らせることを拒んだ。病院の友人にも知らせなかった。誰にも知らせず、ひとりでひっそりと成り行き任せにした。

二月の結納の前日も、夜になったら逃げ出そうと、自分の部屋に靴を運んでいた。しかし、あたりが暗闇に包まれても、できなかった。家を出ることは。そして、逃げる場所もなかった。それと、ほんの少しの勇気がなかった。

五月中旬の大安の日に結婚式と決められた。病院は四月末日まで働くことにした。母は不満だったが、病院の医局室の机二台分のスペースしか居場所のない私は、自分を見出せる場所だけは確保しておきたかった。

病院を辞めることは、自然と皆に伝わった。いつも通り、放射線科に行った時に河村技師から、

「病院辞めるんだって。院長、寂しがっていたよ」

「えっ、うん。……そうなのですか?」

「医局も寂しくなるね」

「大丈夫ですよ、若い女の子が入ってきますよ」

「本当は辞めたくないんです。結婚なんかしないで、ずっと医局で働きたいんです」

と言いたかった。この仕事は私の誇りでもあった。自分でも満足できる仕事ができるまで、二年かかった。やっと、医師《ドクター》たちにも信頼してもらえるようになった。私のことを認めてくれる人たちに出会えたのも、揺るぎない事実だった。人形としてではなく、人間として生きていることを、確認できる場所でもあった。それがなくなっていく。と同時に、私はまた人形になっていく。

「放射線科でも寂しがる奴がいるぞ」

「そんな人、いるんですか？」

「いるよ、気づいていなかった？」

河村技師が誰のことを言おうとしているのか、わかった。最後のうぬぼれかもしれないが、博志のこと。それはわかっていた。でも、どうしようもなかった。博志を受け入れるほどの心の余地は、今でも持っていなかった。それなのに、どうしてこんなに胸騒ぎがするのだろう。そして、どうして私は結婚するのだろう。

「誰だかわかる？　実はねぇ……山口だよ」

「えっ……山口君？」

「今、暗室に入っているから。もう少ししたら、出てくると思うよ」

「そうですか。出てこられたら、使わしてもらおうっと」

無関心を装って、顔色が変わったことを察せられないように答えた。暗室の「使用中」のランプが消えて、博志が出てきた。いつもと同じ白衣を着ている。初めて会った時と同じ、無愛想だった。

「もう、いいですか?」

「ああ、いいよ。俺の方は終わったから」

「じゃ、失礼します」

頭を下げて、私は暗闇の中に入っていった。病院を辞めることは知っているはずなのに、何も言わない。

「恵、何か博志に求めているの。だめだよ。もう、すべて動き出しているのよ。甘えたい時は、もう終わったのよ」

と違う声を私は聞いた。

三カ月前、私が哲也と一緒にいるところを、博志に見られたことがあった。日曜日だった。翌日、病院で会った時、言われた。

「昨日、見たぞ」

「えっ、何を?」

「いい人、できたんだ」

「……」

見られていた。博志だけには見られたくなかったというのが、本当の気持ちだった。その時、少しずつ心の中に、博志が入りかけているのを感じとった。心の中にある正明の面積がしだいに狭くなって、博志の面積が広がり始めていた。でも、遅かった。すべてが遅すぎた。元に戻ることはできなかった。

「うまくやれよ」

「……」

「もう、泣かないようにな」

「……」

「今度泣く時は、その人の胸の中でな」

「……」

最低限の言葉を残して、そのまま放射線科に消えていった。博志とのつながりは、完全に途絶えた。寂しさだけが残った。

暗室での現像の仕事を終え、私は河村技師に挨拶をした。

「ありがとうございました」

「終わった？　また、顔を見せにおいで」

「はい、ありがとうございます。では、失礼します」

頭を下げた。そして、上げると同時に、私は部屋を見回して、博志の姿を捜した。しかし、どこにもいなかった。もう、出ていっていたのだった。無性に、寂しさを覚えた。

こんな気持ちになるのなら、もっと早く、自分の気持ちに気づくはずだったのだろうか。でも、やはりできなかった。私の心の中に、正明が存在していたのは確かだった。でも、背を向けられてからの三年という歳月は、心の中を整理し、新たな余地を作る時間には、十分だったのかもしれないのに。

しかし、私はしなかった。手を伸ばせば、つかむことができることがあるのに、手を伸ばさなかった。心を開かなかった。どこかで、正明のことを忘れきることを恐れていた。

もう、私のことを愛してくれる人はいないのかもしれない。本当は、正明に愛されていたという事実なんてなかったのに。正明との思い出だけが、くずれていきそうになる私を、救ってくれていた。いい思い出だったから。忘れたくない思い出だったから。新しく目の前に現われる人を、受け入れる――好きになる――ことを恐れたのも私だった。男の人の大きな暖かい胸に、飛びこんでいける勇気がほしいと、心の底から思った。

時間だけが過ぎていった。「私の人生って一体なんだろう。夢を叶えるための努力も愛も、すべて報われることはなかった」と思い始めると、「後悔」だけが、私の影となってついてきた。今、ここに生きているということさえ、息苦しくなってきた。「いい子」として生き続けた行き先には、どんなことが待っているのであろうか。神のみぞ知ることなのであろうか。

淡いピンク色の花を木々にたくさんつけ、華やかな雰囲気の中で、散りゆく寂しさで、人の心を空しくさせるような桜を、医局の窓から「今年で、この桜の花を見るのも最後になるのかな」と見た時、目の前に白い一本の線になっている飛行機雲を見つけた。「ヒコーキか」と胸騒ぎを覚えた。

医局で小さな送別会を開いてもらい、私は退職した。結婚式までの二週間という時間の中で、私は脱け殻のように暮らした。何かをしようとする気力なんて、起こらなかった。とても、結婚を控えている女性の生き方ではなかった。その姿から心の状態を気づいてくれる人は、誰ひとりとしていなかった。母も妹も……。この頃、「結婚は人生の墓場」という言葉が流れた。私は、決して否定しなかった。いや、肯定さえしていた。

新緑のまぶしい季節に行なわれた結婚式。私は二十四歳になっていた。結婚式を「人生のセレモニー」というが、私には単なる通過点でしかすぎなかった。私は哲也のことが好きでなかったし、哲也も私のことが好きではなかった。じゃあ、どうしてこの場にいるのか。それは、哲也も私も自分の意思をはっきり伝えることができず、目の前に敷かれたレールの上を歩くことを選んだ、弱虫者同士だった。

そして、弱虫だからこそ「いい子」という仮面をつけて、誰かに守られながら、後ろ指を指されないで、強く生きることを選んだのだった。だったら、その同じ心の傷をなめ合い、慰め合いながら、生きることもできたであろう。しかし、人間の心って、そんなに簡単に頭の中で考えるほど、単純にはできていないのではないだろうか。

心の傷——親から受けたもの——を、哲也も私も受けていた。第三者から単純に見れば、その心の傷を知っているから、相手に優しくなれるのではないかと、映るであろう。

しかし、ふたつの心の接点。愛情がなければ、自分の持っている心の傷を見せたくないものなのだ。触れられることは、心の中に土足で踏み入れられることに似ていた。決して許すことのできないものだった。それを知っていながら、哲也も私も同じことをしていた。仮面をつけたままで。

とうとう、幕が上がった。それでも私は、仮舞台での主役を辛うじて演じていた。「役を演じること」に、私は慣れていた。人を欺く手段は、長い時間の中で培われていた。哲也も同じようだ。

休憩時間——お色直しの準備の時間——の時、役を降りることを考えた。この式場から姿を消すことであった。ある映画で観た『消えた花嫁』の女優を演じようとした。控室でひとりになった時、なんの前ぶれもなく、私の頭の中で考えが浮かんだ。行先は決まっていた。岩国だった。しかし、それを実行することを確実に保証するものは、何もなかった。四年という歳月が答えを出すことを踏み止めた。

「恵、行き先はどこ？」

「どこってわかっているでしょ。岩国よ」

「彼のところでしょ。でも、大丈夫なの？」

「わからない。でも……逃げ出したいのよ。ここにいるのが怖いのよ。私が私でなくなるようで……」

「恵、冷静に考えてみて。四年前の夏、あの出来事を思い出して」

「……」

「わかっているの。あんなに簡単に背を向けられたのよ。恵が、あんなに信じきっていた人によ。手のひらを返すように、たった四カ月の間に心変わりしたのよ。覚えてる？　命をかけた恋だったのに。彼は楽な道を選んだのよ。恵が重荷だったのかもしれないのよ。行ってどうするの？　あの時以上に、傷つくことはわかっているはずよ。それでも行くの？」

自問自答しながら、あの夏の悪夢がよみがえった。そうかもしれない。たとえ、うまく逃げ出すことができても、行った場所で、あの時のように私の心を拒否されたなら、それよりも、私の名前さえも忘れているかもしれないのに。すると、今度こそ本当に、そのまま別世界に旅立ってしまうかもしれない。

迷っているうちに、休憩時間の終わりを告げる、次の舞台の始まりを告げるベルが鳴った。「もう終わりね」と小さく叫んだ。後半をうまく舞台を務めること。それが、私に課せられた役目だった。

二時間という上演時間は無事に終わった。私は、花嫁という役柄をうまく演じることができたであろうか。皆、私の心の動きなど、何ひとつ感じることなどなかった。楽しい宴会に身を投じていた。「もう、すべて何もかも終わった」と思った。

「きれいだったね。末長くお幸せにね」と、誰もが言うありきたりの言葉に作り笑顔で応え、招待客を見送った。それから、「いい子」から「いい妻」へと、仮面は受け継がれていったようだった。


花嫁は前夜、両親に「長い間、育てていただきありがとうございました。私、幸福になります」と挨拶をするようだが、私は何も言わなかった。恥ずかしいのではなかった。素直になれなかったのだ。まだ、心の垣根は存在していたのだった。

心の底から笑うことができれば、垣根なんて簡単に取り除くことができるのかもしれない。でも、私は心の底から笑ったことはなかった。そのような時間はなかった。常に「長女、跡取り」という宿命と戦い、心休まる時間なんてなかった。「時代錯誤」という言葉があるが、まさにそうだった。

結婚式から新婚旅行という一連の流れの中で、哲也と私は、何事もなく時を過ごした。山口を離れて、福岡に住むことになっていた。山口から離れることは、私にとっては、正明から離れることを意味していた。

福岡だったら知らない土地。うまく生まれ変われるかもしれないという、小さな期待も持っていた。しかし、その期待も薄らいでいくのがわかった。私はやはり私だった。

福岡にやってきた翌日の夜、私の目の前には「婚姻届」の用紙が広げられていた。「妻」という欄に、サインして捺印しなければならなかった。じっと見つめていると「自分の心って、どこにあるの」という問いが、私に向けられた。どこにもありはしない。いつ、どこに置き忘れてきたのか、私自身にもわからなかった。わかっていることは、ここに存在する私は、本当の私ではないということだけ。

偽りにせよ、結婚式を挙げたのは、まぎれもない事実だった。哲也にしろ、私にしろ、演じる人生を選んだのはふたりだった。歩き始めたレールの上から逃げ出す勇気は、持ち合わせていなかった。

自分の愚かさを隠すように、また、追いつめられたかのように、私はサインをして印を押した。ただ、押印する時は手が震えた。そこには、私の意思なんてなかった。ただ、今しなければいけないことが、このことだった。意味はなく「頑張ろう」と私は頷いた。

その夜、夢を見た。

私が歩道を歩いている。ゆっくりとゆっくりと下を向いて。すると、一台の車がやってきて、私の近くに止まった。そして、クラクションが鳴った。私は何事かと思い、振り向いた。びっくりした。車の助手席の窓が開いて、声がする方を見ると、そこには懐かしい正明の顔があった。

「結婚したんだね」

「……」

「よかった。幸福になれよ」

「あなたも、結婚したんでしょ」

正明は、首を横に振った。

「あの時、言ったろう。俺はひとりでいると」

「ウ・ソ」

「ウソじゃない。じゃあな」

「……」

車は、そのまま多くの車の中に消えていった。その場に、私は立ち止まったままだった。ひと筋、涙が頬を流れた。たったこれだけの夢。しかし、私に与えられた衝撃は大きかった。

ガバッと、私は起き上がった。数カ月ぶりに夢の中に現われた正明。その顔は、四年前の顔だった。少し頬がこけている顔だった。どうして、こんなにも鮮明な場面が現われるのであろう。やはり、まだ……。消えていない思いを再び、封じこめる術はどこにあるのだろうか。自分の選んだ道を、後悔した。目の前にいる人に心を開けない自分が、どうしようもなく重荷だった。

その時、私は無意識のうちに握り締めていた。正明が私にくれた、たったひとつのプレゼント、ネックレスを。これは、結婚する時に、どうしても我が身と切り離したくなくて、一番お気に入りのハンカチの中にそっと包んで、バッグの底に入れて持ってきたのだった。

哲也に対して「悪い」という気持ちは、不思議と起こらなかった。隣に寝ている哲也の顔が、赤の他人に見えた。「夫」ではなく「ただの人」となっていた。

夫の役と妻の役、それぞれの役を、哲也も私も表面上は穏やかに演じていた。しかし、心は通じ合っていないことは、ふたりの間を流れる空気でなんとなく感じとっていた。ふたりそれぞれが、それぞれの思いで暮らしていた。すれ違いの時間が流れていた。哀しいことに、私には「好き」という胸ときめく思いはなかった。

たとえ、体を重ねても、心は違うところをさまよっていた。体を重ねる時間が短くても、心が重なり合うことはある。しかし、いつまでも平行線をたどるふたつの心は、体のように重なることはないことを私は知っていた。寂しくもあり情けなくもあったが、私が選んでしまった道は、いつまでもどこまでも、果てしなく続くのであろう。

妻という名となって半年が過ぎていた。季節は、木枯らしが吹き始める初冬になっていた。ここで、私はひとつの賭けをすることにした。本当はこんなことをする自分が情けなかった。哲也のことも、自分自身のことも、信じることができなくなっていた。

毛糸を買ってきて、セーターを編むことにした。もし、できあがったセーターを着てくれたなら、心を開いていけるであろう。もし、反対に着てくれなかったら、心を開くことはないであろうと。何かのきっかけの答えで、自分の心に答えを聞くなんて、今までの私では信じられないことだった。でも、この方法しか思いつかなかった。

後ろ身頃を半分まで編み上がった時に、哲也は気づいた。

「セーター、編んでいるんだ」

「うん、そうだけど」

「誰が着るの」

「……」

何もわかっていない。そして、次の一言で私の気持ちは決まった。

「俺、ブランド品しか着ないよ」

「……」

手作りセーターより既製セーターの方が、きれいで見栄えがいいことはわかっている。でも、これほどまでに、人の心を土足で踏みにじられるとは。冗談にしろ、あまりにもひどすぎる言葉だった。

「あの人だったら、こんなことは言わない。あの人だったら、着てもらえるのに……」

私の心に答えは出た。というよりも、本当の気持ちの確認だった。この人に対する愛情――それは存在しない。私は心の中で叫んだ。「最低な男」と。

次の日からもう二度と、編みものをすることはなかった。紙袋の中に毛糸、本などを入れて、押し入れの奥に収めた。それに対して、哲也は何も言わなかった。

それでも、仮面夫婦を演じることを、拒否することはできなかった。私の背中を押してくれる人は、誰ひとりとしていなかった。それを望む私が間違っているのに、何かを求めていた。

哲也との結婚生活。それは、おたがいが相手に対して無関心だから、大きな衝突もなく、外から見れば、何事もない仲のよい夫婦に映っていた。おたがいの両親たちにも、同様に映っていた。

しかし、本当は違っていた。おたがいに相手のことが心にないから、ひとつのことについて話し合うこともなく、目の前に起きた出来事でも、それぞれが黙ったままひとりで解決していた。

心の中にある思いを隠さないで、おたがいに言い合う。なんでも話し合える。たとえ、それで衝突し、喧嘩になろうとも、おたがいの存在を認め合う。それが、男と女のあり方であり、ふたりの関係を維持するには不可欠なものだと思う。

しかし、哲也と私のように、自分の考えを言わない、喧嘩もしない夫婦こそ、一番危ない夫婦なのである。おたがいに、いや、私だけだったのかもしれない。そう思っていたのは。哲也は、波風が立つことには、目をつむっていた。それが無事に通り過ぎることを待つ人間だった。

いつしか、哲也の存在に苦痛を感じていた。私には、いつどうなってもおかしくないふたりと思っていた。むしろ、おかしくなるのを望んでいた。

哲也は、その重苦しい空気に耐えているのだろうか。平気なのだろうか。どんなに長い時間一緒にいても、つかめない人だった。心の中をすきま風が吹く。心の溝が深くなる。私はいつしか、心が触れ合う生活を捜し始めようとしていた。今までとは違う道を歩もうとして。

結婚して十年。子どもはふたりいた。八歳と六歳になっていた。この子たちの母親。それは私が望んだことだった。哲也とふたりきりの時間に耐えられなくて、また通じ合わない寂しい心を埋めるためにも、子どもがほしかった。

よく女性は「愛する人の子どもを産みたい」と口にする。正明と心が通じ合っていた頃は、私もそう思っていた。「この人の子どもを産みたい」と。しかし、哲也とのことになると違っていた。「自分の分身である子どもがほしい」と思った。

前者の考えと後者の考えとでは雲泥の差がある。それは、男性には理解してもらえないことだが、やはり、女性には、子どもが産めるという男性にはできない特権があるだけに、そのように考えるのかもしれない。

望まぬ結婚をした私にとって、分身を産む——子どもを産む——ことは、唯一の残された意思だった。その子に愛情を注ぐということは、満たされた心と時間を私にもたらした。

しかし、気がつけば、哲也は完全に私の心の中では、届かない距離のところに追いやられていた。人の寂しさに気づかない私に、幸福など訪れることはない。それが、運命というものに違いない。歯車を噛み合わすこともなく、反対に加速度をつけて、ひとつひとつ歯車がはずされていくようであった。

子どもが成長するにつれ、楽しい出来事が増えていくようになった。しかし、そこには本当の笑顔、ぬくもりは存在しなかった。子どもの笑顔は、確かに私を救ってくれた。しかし、冷えた心を暖めるまでにはいかなかった。「どこかが違う。こんなんじゃない」と、私はいつしか、こんな気持ちを肯定しながら否定しながら、脱け殻だけで生きているようだった。

下の子を出産してから、哲也と私は、寝る場所を別々にした。私は「この子、夜中よく目を覚ますし、寝かしつけるのも大変だし、次の日の仕事に差し支えるから」と、心にもない理由で、哲也はテレビを観る部屋で、私はその隣の部屋で、ふたりの子どもたちと寄り添うようにして寝た。哲也と心のぬくもりを感じない代償として、幼い子どもたちの暖かな体温で暖めた。

しだいに、夜をともにすることはなくなった。時として、部屋と部屋を仕切ってある襖を開けようとした時も「ダメ」と拒んだ。始めはブツブツと文句を言っていた。セックスレスの生活が続くと、男は浮気に走り、家庭は崩壊すると、当たり前のような、いや、そうではないようなことを口走っていた。

それを聞くたびに、反対に好都合のように思えた。「私は、欲情を満たすための道具ではない」と、完全に心は貝のようになっていた。しだいに、その生活にも慣れ始めて、それが当たり前のこととして、おたがいに受け入れた。

仮面夫婦・仮面家族の中で、息苦しさに耐えられなくなって、もがき始めたのは私だった。ただ、ただ、息苦しくなっていた。

「一体、私は何をしているのだろう。なんのために、ここにいるのだろう。なんのために、生まれてきたのだろう。本当の私はどこにいるのだろう」

こんな言葉が、私の心の中に渦巻き始めていた。ひとりになると、出るのは大きなため息だけだった。

「ここにいるのは本当の私じゃない……」と。

夜、子どもの声が聞こえなくなると、怖くなった。同じ空間の中に哲也と一緒にいることに耐えられなくなって、ベランダに出て、夜の空気を吸っていた。たとえ、その時が冬の季節であろうとも、部屋の中にいることに耐えられなかった。

また、夜になり、ふと家を出て、近くにあるコンビニの前の自動販売機に、缶コーヒーを買いに行った。百円玉と十円玉を入れて、ボタンを押すと、カラカラと暖かい缶コーヒーが出てくる。それを両手で包んでみると暖かかった。缶のフタを開け、一口ゴクンと飲むと、その暖かいコーヒーが、冷えた心に流れた。人の心のぬくもりよりも暖かかったと同時に、寂しくもあった。

夜空を見上げて、一番見つけやすく、幼い頃一番最初に見つけられた北斗七星を見つけた時、安らいだ気持ちになった。どこまでも続く星空は、私を別世界に誘うようであった。

「きれいな星空だね。どこまでもどこまでも続いているんだね。ねぇ、日本のどこにいても、同じ星空が見えるよね。だったら、この同じ星空、あの人も見てる？　う、うん、見てないよね。だって、あの人の目の前には、悔しいけど優しい奥さんがいて、明るい家庭があるんだものね。こんな時間に、ひとりぽつんと星空を見ているのは、私ひとりだけだよね。でも、恨んではないよ。これだけは確か。この星空のずっとずーっと向こうに、あの人の住んでいる町があるんだよね。……私もそこに行きたい。同じ場所で同じものを見たい。いけないこと？」

私の胸の奥底に、封じこめたはずの、二度と思い起こしてはいけない気持ちが、じわじわと頭を持ち上げてきて、はっきりと自分の気持ちを知らされた。本当は、ずっと前から自分が一番わかっているはずなのに。今さら確かめなくてもいいはずなのに。バカみたいだった。

これが、本当の私の姿、正明さえも知らない姿だった。数年前、訪れたこともない未知の場所に、車で二時間もかけてやってきた理由を尋ねた時、正明は言った。

「お守りをもらったのは、生まれて初めてだった。こんなことをしてくれる子を見てみたかった。どんな場所で育ったのか、知りたかった。それだけ……」と。

あなたの知りたがった私は、今、ここにこうしているのよ。あなたの前で明るく精一杯生きていた私と、作られた役をなんの抵抗もなく演じ続ける私と、どっちを信じる？　そっと、消せない正明に尋ねていた。

背を向けられてから十四年間。涙を隠して、押し殺すように、深い海の底に沈めたはずの気持ちが、殻を砕こうとしている。海の底で静かに眠る貝のように、口を閉ざしたままだったらよかったのに。

こんなふうに空を見上げて、自分の気持ちを見つめたのは、今までにどれほどあっただろう。その時は、自分自身を押し殺して「いい妻・いい母」の仮面をつけたまま、生きてきた。「私だけが我慢すれば……私だけが我慢すれば……」と自分に言い聞かせて。でも、今度だけはダメだった。今までと同じように涙を流したけど、まったく違う意味を持った涙だった。一歩踏み出した涙だった。

次男という条件と、両親への憎悪の気持ちと、自分の気持ちに正直にぶつかっていくことを拒んだ私と、それらの要素がからまり合って、今の状況を作り出していた。

「私が長女で生まれていなかったら……兄か弟がいたなら……」

と、悔しさのはけ口を他のものに求めていた。「でも、たとえ長女でなくても、あの人は背を向けたかもしれない。優しい言葉だけ残して、去っていったかもしれない」と、また違うはけ口を捜していた。

今、ここにいる自分が、わからなくなっていた。私は「生きている」ということさえ、苦しくなり、煩わしくなってきた。

「あの時、カミソリじゃなく、ナイフで手首を切っていたなら……ここにいなかったかもしれないのに。その時、あの人はどうする？　悲しんでくれるだろうか？　それとも……」と、思ったこともあった。「自殺」という言葉が、私の中に入りこんできた。

心と体がバラバラになっていた。心だけここに残して、体だけが歩き出してしまったのだろうか。それとも、体だけここにとどまって、心だけがどこかに行ってしまったのだろうか。まるで、堂々巡りのようであった。それでも、私は心臓が動いていて呼吸をして、生きているのだった。

「心の病気」というものがある。そこに、私はもう足を踏み入れてしまっていた。そして、長い戦いの日を迎えようとしていた。しかし、私自身は気づかずにいた。

ある日の夕方、私はいつものように台所に立っていた。手に持っているものはガラスコップだ。ギューと握り締めた。何かが私の中で動いていた。無意識のうちに、握った右手に力が加わった。しかし、たやすくガラスコップは割れなかった。

それを見届けると、私はガラスコップから手を離した。ガラスコップは手から離れて床下に落ちた。ガチャーンという音とともに、粉々になった。それを私はじっと見つめた。何も思わなかった。何も感じなかった。目の下にある粉々になったコップは、私の心でもあった。その破片を集める気力もなかった。

すでに、私の心は残す形さえなくなっていた。思考力なんてゼロに等しかった。いや、ゼロだった。ここまで私を追いつめたものは、一体なんだったのであろう。自分の意思の弱さ？　歯車が合わない恐ろしい現実？　わからなかった。

数日後、私は横断歩道で信号待ちをしていた。真昼のまぶしい陽射しを受け、目の前はクラクラ。足元も反射熱でクラクラだった。そこに、一台の大型トラックがやってくるのが見えた。その時だった。急に体が軽くなり、右足がすーっと、一歩前に出ていくのがわかった。そして、二歩目を踏み出そうとした次の瞬間、我に返った。

「バッキャロー！」

窓を開け、怖い顔をしたおじさんに、大声で怒鳴られた。この時、これまでの私――今の状況から逃げ出してしまおう。それを、死と選ぼうとした私――が消え去った。「何をしようとしていたのだろう。バカだねぇ。……このままじゃいけない。このままでいたら、本当にだめになってしまう。本当に自分自身を見失ってしまう」と思った。もし、この時、何も思わなかったら、まだまだ、もがき続けていたのかもしれない。背筋が凍りついていくようであった。

次の日から、私は何かがふっきれたように歩き出した。もう後ろは振り返らない。もう絶対に。多くの広報紙を見て、心のうちを聞いてもらえるところを捜し続けた。数日後、やっと目的の欄を見つけた。「『自分らしく生きる』というテーマで、話してみませんか」という言葉だ。

「自分らしく」このことを、いつの頃から私は忘れたのであろうか。一年前、二年前、違う。もっともっと前のような気がする。自分らしくではなく、自分を押し殺して生きることを選んだ頃は、ずっと昔の話のようだった。

街並みに残る夏の陽射しの香りと頬に当たる心地よい風で、秋が少しずつ近づいていることを感じさせられるある日、私は「自分らしく生きる」というカウンセリングルームの部屋の前にいた。このドアの向こうに何があるのか、何が私を待っているのか、わからない。しかし、ひとつだけ言えることがある。それは、今の状況よりも悪いことは起こらないということ。このドアを押すことが、自分の意思で何かをするという第一歩だった。

大きく深呼吸をして、私はドアを押した。そこにはひとりの女性がいた。その人が私に、今まで忘れていた、自分から遠くに置き去りにしてきた「自分らしく生きる」ことに、そっと背を押してくれた彩子さんだった。

「こんにちは」

「こんにちは……失礼します」

恐る恐る足を入れて、一歩一歩前に進んでいった。やっと、彩子の前に座ることができた。そして、少しずつ目を動かした。彩子の視線とぶつかった。

「そんなに緊張しなくてもいいのよ」

「はい……」

このようなカウンセリングルームを訪れたのは、初めてだった。今まで「カウンセリング」という言葉は耳にしていた。でも、そんなことは私には絶対に起こらないと思っていた。心の弱い寂しい人が行くところだと思っていた。自分は強い人間だと思っていた。しかし、本当は正反対の人間だった。

肩に力を入れて生きていたから、この場所に今、私はやってきている。ウソのようで、本当の話だった。つっぱっていても、ひとりでいることが怖くて寂しくて、打ちのめされてしまうのだった。作り笑顔でさえ、じょうずにすることができない私だった。

生きてきた時間の半分以上「いい子」を演じていた私が、疲れきって、最後の救いの手を求めた瞬間だった。

「話したくない時があったら、話さなくていいのよ。もし、話をして気持ちが楽になれそうならば、ゆっくりと話してもらえれば……」

ゆっくりと彩子は話しかけてくれた。こんなことは初めてだった。今までは、早急に答えを求められていたので、こんな人もいるのだと思った。

話したいことはたくさんあった。もう、両手では抱えきれないほどであった。私が押しつぶされそうになるくらいにあった。でも、どこから話していいのか、わからなかった。頭の中はぐるぐる回っている。そして、やっとの思いで言った。

「あの……今、私……すごく不安なのです」

「……」

「どのように生きていけばいいのか、わからないのです。苦しくて仕方ないんです。生きるということに……」

彩子は、暖かい目を私に向けて、柔らかな言葉で包んでくれるようだった。

「そうなの。そのようになった理由、話せるなら話してみて？」

理由？　私は頭の中を整理し始めた。今の状況をまず話すことから始めた。

「結婚して十年になります。今、本当にこのままでいいのかと悩んでいるのです。本当は、もっともっと前からだったかもしれないけど……。夫と一緒にいてもなんのつながりもないし、一緒にいるということだけで、息苦しくなることもあるのです。心の中にポカンと穴があいた状態なんです。なんの接点もないし、それを見つけていこうという気持ちなんてないし……。自分があの部屋の中にいるということが苦痛なんです……」

自分の気持ちを言葉にすることがやっとできた。でも、はっきり言って、今何を言っているのかさえも、自分自身がわからなかった。

「ちょっと、聞いてもいい？　ここに来た理由は？」

「本当の自分を見つけたくて。本当の自分を取り戻したくて。背伸びしないで、ありのままでいたくて……」

本当に、この言葉通りだった。肩に力を入れずに歩きたかった。そして、堂々と胸を張って言えたことが、不思議なくらいだった。

ここに来るまで、私は「離婚」という二文字を、頭の中で考えていた。しかし、言葉に出して言うのは、まだできなかった。まだ、「離婚」の持つ重大さに怯えていた。恐怖心があった。

彩子は、フェミニスト・カウンセリング研究会の方で、ＣＲ（Consciousness Raising）といっていた。そのＣＲの中では、意識覚醒――自分の意識を言語化することによって、よりはっきりさせ、その意識を変革したり向上させたりすること――が目的となっていた。

今まで何も言えず、ひとり胸の中にしまって生きてきた私にとっては、一番安心していられたのかもしれない。いつしか、私にとって彩子は、心のよりどころとなっていた。

毎週水曜日に彩子と会い、胸の奥にあるもやもやを話すことによって、「生きる・生きていける」自信が少しずつ持てるようになった。彩子には、心が開いていく感じがした。少しずつ、肩にかかっている目に見えない力が抜けていくような気がした。

彩子は、決して「頑張って」という言葉は言わなかった。それが一番うれしかった。人間って――いや私だけかもしれないけど――他人に「頑張って、前を向いて生きるのよ」なんて言われると、反発してしまうものかもしれない。せっかく、暖かい言葉をかけてもらったのに「どうして頑張らなきゃいけないの。ゆっくり歩いていってもいいじゃない。しんどい時は休んでもいいじゃない」と、相手にいやな思いをさせてしまうことがあるのかもしれない。

ずっと、私は「頑張れ、頑張れ」と言われ続けていた。疲れきっていた。だから、何も言わずに暖かい空気で包んでくれる彩子だけが、心のよりどころだった。

カウンセリングルームの窓から見える風景は、紅葉した山々だった。深い緑、赤、黄と切り絵のようだった。久しぶりだった。紅葉の季節に、こんなに心穏やかに、色鮮やかな風景を見る心の余裕なんて、ずいぶん長い間、忘れていたような気がする。

彩子との時間は、今まで持ったことのない時間だった。この頃、彩子はこんな言葉を教えてくれた。

「人間は誰だって、いっぱいの思い出を持っているの。それが、全部いい思い出だったらいいんだけど、恵みたいに、つらい思い出を抱えてしまうこともあるの。でもね、決して消せないものよ。間違えたら、消しゴムを使って消せるものだったらいいのに、それができないものなのよね。でも、決していらないものではないの。そのつらさを知っているから、人は今までよりも優しくなれ、強くなれるものなのよ。だから、これまでの時間から目をそらさないで。そして、まっすぐ前を見て生きてね。自分の足で、自分の強い気持ちで」

「でも、私にできるかしら?」

「大丈夫よ。最初に出会った時の恵と、変わってきているもの」

「本当に?」

「そうよ。自信を持っていいのよ。自分の決めることにも」

ひとつずつ変わっていこうとしている私。本当の私に近づこうとしている私。

思い出——それは、私にとってはつらい思い出が多すぎた。楽しい思い出があっても、あまりにも重すぎるつらい思い出に、押しつぶされて失ってきていた。でも、私にもあった。楽しい思い出が。

正明との短すぎる時間、哲也との長すぎる時間。このふたつの両極端な時間の中で、私は確かに生きていた。

彩子の言ったように、つらい思い出――悲しすぎる別れを知ったために、長い道を遠回りして、ひとつのゴールにたどり着いた。自分に傷をつけて、人にも傷をつけた。自分が笑っていれば、人も笑っていられる。このわかりきった答えを、今ようやく見つけた。

そして、もうひとつ、私にはわかったことがあった。人は心に傷を受けると、いろいろと変わっていく。もし、心の傷を誰にも話せずにひとりで抱えこんでしまうと、また同じように傷つくことを恐れて、目の前に起こってくる出来事に対して、心を開こうとしなくなる。そして、無関心・無気力の状態に陥り、本当の心を粉々にして、失ってしまうということ。それは、自分自身ではわからずに、第三者――私が彩子と出会ったようなカウンセリング――によって教えられ、時間をかけて心を取り戻すということ。


すでに、私の心の中ではひとつの答えが出ていた。しかし、その答えを実行するまでが、どれほどの長い道程《みちのり》になるのかわかっていた。多くの問題は、次から次へと出てくる。まず、子どもの問題。残酷なことであることはわかっていたが、私はふたりの子どもたちに話をした。心を鬼にして、悪い母として。

「わかっていると思うけど、お母さん、もうお父さんと一緒にやっていく自信ないの。離れて暮らそうと思っているの。……ごめんね、悪いお母さんで……」

ふたり、それぞれの表情をしている。短いような長いような、沈黙の時が流れた。

「わかっているよ……お母さんのいいようにしたらいいよ」

「大丈夫だよ、お母さんについていく。一緒に家を出てもいいよ」

この時、どちらも「別れちゃいやだ」とは言わなかった。そして、私は感じとった。こんな子どもにまでつらい気持ちを抱かせていた。きっと苦しかったのだろうと。確かに、父親の顔色を窺うようにしていた。自分たちの父親なのに、心の中には存在していなかったのだ。

子どもの失敗は、すべて私の育て方に原因があると責められた。反発することは許されずに、黙って背中を丸めることしかできなかった私。それを見ていたのだ。ただ黙って、両親の冷たい関係を見ていたのだ。どんなに心が傷ついているのであろうか。「家族の絆」がまったくなかったと痛感した。愛情がないと、すべてが空回りしてしまうのであろう。すべてが仮面に覆われていた。

この子たちを救ってやろうと私は思った。本当の家族のあり方、人間として何が大切なのか、それを教えてやろう。そして、本当の意味での幸福を手に入れよう。そこには、今までの私とは違う、強い私が存在していた。

彩子と出会って、自分の足で歩くことの大切さを、今さらのようにわかった。涙をふいて歩こうね。歩き出そうね。


カウンセリングルームに通い、そこで彩子と出会ってから半年が経っていた。季節は、秋を見送り、冬の寒さから地面の底で生命が現われてくる初春を迎えていた。自然の生命力を少しずつ分けてもらったかのように、私は一歩ずつ一歩ずつ前進していた。

ひとつの答えを見出したと同時に、私は、今まで生きてきた時間の整理もしなくてはいけなかった。彩子が私にくれた一枚の用紙。それは年表のようになっていた。西暦と年齢を書きこんで、その隣に、その時に起きた出来事を書いていくようになっていた。

「思い出せるだけでいいのよ。きっと忘れがたい年齢の時もあるはずよ。楽しい思い出もつらい思い出も。でも、それを書くことによって、自分が一番自分らしく輝いていた時、また反対に、思い出したくもない時がわかってくるはずよ。そして、このこと――残酷にも見えてくること――をやることによって、自分を見つけられるはずよ。自分が自分らしく、自分の心に気持ちに正直に生きていた時が、見えてくるはずよ。そして、その時の心を見つめるの。そうすれば、今よりももっと、自分らしく生きていけるはずよ。そうして、心の整理をしてみるの。答えは、やはり自分自身で見つけなければならないし、自分が一番よく知っているはずだもの。私はただ、恵の思いを聞いてあげることだけ」

この彩子の言葉で、本当の自分、正直に生きていた自分を見つけた。十九歳から二十歳にかけての、ほんの一握りの時間にすぎなかったけど、私は確かに生きていた。自分の足でしっかりと生きていた。その頃の心が、もう一度目覚めた時――たとえどんな結果が待ち受けていようとも――本当に自分に生まれ変われるのかもしれない。

この作業をしていく中で、私はひとつの――一番大切な――ことにたどり着いた。ひとつの選択肢の前に立った時、自分が選んだ道――たとえそれが、投げやりになって選んだ道であっても――の先に待っている答えは、すべて自分のものとして受け止めなければならないということ。

このことは、こんなにも長く生きていたのに、今さら見つけ出すものではないはずなのだが、目をつぶって生きてきた私に、目を開けることを教えてくれた。

「後ろを振り返らずに、前だけを見て生きていけばいい」という人がいる。マイナス思考ではなくプラス思考だと。でも、そんなに強くなれる人間って、本当にいるの？　マイナス思考になってもいいじゃない。時には後ろを振り返って、本当の自分を見つけたっていいじゃない。そうしなければ生きていけない時もある。

「人生の落ちこぼれ者」と言われるかもしれないけど、つっぱって生きているよりも正直かもしれないと、ときどき私は思う。涙流して生きる人は弱いのではない。そうしなければ、前に進めない時もある。プラスとマイナス、相反するものでも、いつかはひとつになって、今よりも大きく前に進むことができるのかもしれない。

ひとみと彩子、このふたりがいてくれたので、私は生きているといっても過言ではなかった。

子どもはいるが、いずれは親離れをして旅立っていくものと、私は早くから自分に言い聞かせていた。だから、周りに「子どもが生きがい」と言っている人が、不思議な存在に思えた。

私って冷たい人間なのだろうか。このように子どもに対して考えるのは、自分の歩んできた道も影響している。親離れをして自分の道を歩むことに、両親は反対した。私に強い意思があれば、なんでもなかったことかもしれないのであるが、やはり両親の賛同は必要だった。気持ちよく、親離れ子離れを受け入れてほしかった。

決して、子どもの重荷になることだけはやめよう。子どもと遠く離れても、暖かな目で見つめてやろうと、自分の分身である子どもを妊娠した時に決めていた。

ひとみには「自然の流れに任せることも必要よ。自然界からみれば、人間ってちっちゃな存在なのだから、ゆっくりと立ち止まりながら歩いて」と言われた。

彩子には「今、とっても精神的にも肉体的にもきつい時かもしれない。でも、この時間を乗り越えられた時、本当の自分に出会えるよ。ゆっくりと歩こうよ」と言われた。

こんなに心が優しくなれたのは、何年ぶりのことだろうか。心の優しいことが私にあったことなど忘れていた。屈折していた心が、元通りに戻っていくようだった。


彩子と出会ってから、一年近く経とうとしていた。春を見送り、うっとうしい梅雨も終わりに近づいていた。「梅雨明け宣言」がいつ出されるのか、ただ待っていた。一年という時間は、私にとって活性剤の役割をしてくれた。彩子には「恵、ずいぶん明るさが出てきたね。少しずつ、心の中が成長しているのが、わかるようになってきたね」と言われた。

自分でもわかってきていた。目の前がまっすぐに見られるようになってきた。「自分らしく生きる」ということもわかってきていた。一年前、すべてにもがき続けていた私が、すっかり姿を消しているようだった。

まだ、哲也との生活は続いていた。しかし、私の心はそこにはなかった。ただ、これから起こりうる事態に、自分の身を守るための基盤を築くためにいるようなものだった。冷酷な血が流れている「悪女」とは、私のような女のことなのだろうか。

私の行動で、子どもに対する影響を考えない日はなかった。そのことについて、どれくらいの時間を過ごしたであろう。彩子は家庭内の雰囲気、空気の動きが、どれほどの影響を与えるのか、自分の体験とともに話してくれた。この時、彩子が背負っている過去の大変さを知らされて、これほど強く生きている彩子がうらやましくもあった。

そして、彩子が以前話してくれた「つらい思い出があるほど、人に対して優しくなれる」ということは、彩子自身の経験からきているのであることを悟った。「ギスギスした空気の中で育つ子どもは不幸よ」とも教えてもらった。

子どもの幸福を願わない親はいない。「子どもが幸福になるのならば、世間から見ると曲がった道かもしれないが、すさんだ気持ちを味わわせたくない」と願い、私の選んだ道を後悔しない。ひとつひとつ、私はハードルを越えていくようであった。ゴールは、まだまだ目に入ってこないけれど、少しずつ少しずつ前進していると感じるのは、私だけなのだろうか。

どんなに歳月が経とうとも、悲しい思い出しか残されていない大嫌いな夏が巡ってきた。ある日、私はひとり、列車に乗って揺られていた。列車は東へ東へと進んでいた。窓から見える風景が、足早に走り去るのを見ながら、私は昨夜行われた二十年ぶりの中学校の同窓会を思い出していた。

女友達とは、年に一度くらいは会っていたが、男女一緒となると、二十年という歳月は時の長さを感じさせた。男性は、やはりあの頃とは違っていた。中学生の頃、女の子の間でモテモテだった男の子が、影をひそめてふつうのおじさんになっていたり、逆に、目立たなかった男の子が、注目の人になっていたりしていた。

一次会は、男女ともありきたりの話をして、比較的おとなしく過ごした。二次会になり、場所が変わると、皆、二十年前に戻っていた。男女とも、気の合う者同士になって、あの頃――皆それぞれ、自分の夢に目を輝かせていた頃――の話に花が咲いた。

私も、今抱えている問題なんか、頭の中から全部消え去り、中学生のあの楽しい時間の中に戻っていた。アルコールも、多めに体の中を流れていた。頬が火照り、酔いが回ってきたのがわかる。しかし、気持ちいい酔いだった。

私の右隣にはひとみ、左隣には中学三年間ずっと同じクラスだった伊原がいた。彼は、いつも、どこか冷たい目をしていた。そして、どこか陰を抱いていた。

すると、思ってもいなかった告白が聞こえてきた。初めは、酔った勢いからくる冗談かと思ったが、伊原は真剣だった。

「お前、気づいていなかっただろうけど、ずっとお前のこと、好きだった」

「またー、からかって。だめだよ」

「本当だ。中一の時、部活が終わってからお前のあとを追って、家まで行ったことあるもんな」

「……」

「あの頃の俺、荒れていて喧嘩ばかりして『悪《わる》の伊原』と言われていた。でも、それが苦しくて、また喧嘩ばかりしていた。負けるのがいやだったから。そんな俺のこと、お前いやだったろう。嫌いだったろう。それはわかっていた。いつも、お前はいい子だったもんな。俺のことなんか相手にしてくれないとわかっていたから、何も言わなかった。高校も同じだったけど、あの頃は違う人とつき合っていたし、何も気づかなかっただろう。……もう一度言うけど、ウソじゃない。今だから言えることもある。だって、お前、寂しそうな顔してるもんな。何かあったのか？」

私は、何も言えずに、最後まで聞いていた。心は動揺しなかったと言えば、ウソになる。何かを察してくれた伊原には、うれしかった。

しかし、伊原でさえ気づいていなかったところがあった。あの頃の私は、伊原と似ているところがあった。私も、もがいていた。しかし、彼のように殻を破ることはできずにいた。今思えば、行動を起こせる伊原がうらやましかったのかもしれない。

中学一年の時、私は国語の作文に「今、私は幸福かどうかわからない」と書いたことがある。「両親がいて、家があって、どこに不満があるのか」と問いつめられた。母に。物質的には幸福、目に見えるものに関しては幸福に映っていた。しかし、私は寂しかった。ひとり置き去りにされているようで寂しかった。しかし、身近な人は何もそのことには、気づいてはくれなかった。一番そばにいてくれる両親でさえも……。

「いい子」でいることは苦しかった。「いい子」という言葉は、大嫌いだった。

歌にもあるように、人は寂しくなると海を見にくるのであろうか。今、私は海を見つめている。思い出の海を。あの人――正明――と一緒に来た場所、岩の上に立っている。海からの風は、磯の香りを運んできてくれる。そして、遠い遠い過ぎ去った思い出も一緒に。海は穏やかだった。それを見ていると、私の心まで穏やかになっていくようだった。

正明のことも、博志のことも、哲也のことも、伊原から聞いた告白のことも、すべて忘れたかった。波が砂を海の中に運んでくれるように、すべてが海の底に沈んでいけばいいと思った。私自身も一緒に。

もし、心の中にあるキャンパスの色が、白だとしたら。正明を知った時、確かに鮮やかな色を描いた。今、そのキャンパスは白ではない。色が残っている。何色であるのか、私自身にもわからない。その上に、違う色を加えることは可能だったかもしれない。

もしかすると、他の人たちも、そのように生きているのかもしれない。しかし、私にはできなかったし、私自身が拒んだ。もっと楽になれば、他の色に染まって生きられていたかもしれないのに。自分の心が無性に憎らしくなってきた。一途すぎる心が重荷になった。


海に来ています。この海の色と香りと空の色、覚えていますか。

あの頃と同じです。変わっていません。

あの頃のふたりに、時間が逆戻りすればいいのにと思っています。

でも、そう思っているのは私ひとりだけです。

あなたは、今幸福だから、私はただの通りすがりの人だから、この場所に立っても何も思わないだろうと思います。

今、どうしてここにいるのか、はっきりとはわかりません。

ただ、あの頃の自分の気持ちを見つめていたかっただけかもしれません。

自分に素直になれた、あの頃が懐かしい。

今は、寂しい。苦しい。怖い。そして、あなたに会いたい。

でも、今、はっきりと言えることはひとつだけです。

私は愛した自信はあるけれど、愛された自信はありません。


カモメがときどき、水面まで降下してくる。きっと、エサの魚を捕っているのであろうか。その風景を見つめながら、心の中に一通の手紙を書いた。頭の中では考えられない、人間の感情の複雑さを今さらのように感じた。

夏の陽射しでキラキラと輝く海を見つめながら、次のステップを踏み出す準備をした。

第五章
エピローグ

あの海を訪れた日から半年後に、私は家を出た。この時の気持ち、それは、説明なんてできるものではない。しいていえば、凧揚げをしていて、突然吹いてきた強風にあおられて、糸が切れて凧が大空高く飛んでいった。その時のプッツンと音をたてて切れていく、その感覚に似ていた。

あっ、というまに起きた出来事だった。糸を切った瞬間、すべてが変わった。あの思い悩んでいた時間が、ウソのようだった。何かにとりつかれていた私が、魂が抜けていた私が、一変した。完全に生まれ変わった私が、そこに存在していた。

子どもは別々になってしまうことになるが、もう後ろを振り向くほどの気持ちはなかった。ただ、前だけを見つめて歩いていきたかった。そうしなければ、私はどこかに行ってしまうということを感じていた。

それから、多くの時間の中で、哲也の本来の人間性を見せつけられた。そして、人間不信に陥っていった。新しい居場所を見つけ出されて、部屋にやってきて、暴力を受けた。また、あまりの恐怖のために、警察をも呼んだ。情けなかった。

ここまで傷《いた》めつけられるほど、私は何をしたのであろうか。それはわかっていた。あの時の私の気持ち——両親に対する復讐——から始まっているものだった。あの時、自分の心の中にいつまでも忘れられない人がいることを知っていながら、自分にウソをついて、人を欺いて結婚した。人の心の痛みさえも気づかずに、自分の存在だけをかばって、無意味な時間を過ごしてきた報いであることはわかっていた。

もつれすぎてしまった糸の固まりの中から糸口を見つけることは、難しい。でも、何かのきっかけがあれば、すぐにでも見つけられるようにも思えた。

家を出る時についてきた上の子どもは、哲也——形だけの父親——のあらゆる方法によって、もとの家に戻っていった。その方法を、今もって確かめることはできないが、そのやり方の中に本来の姿を見て、反対に、自分が選んだこの結論に間違いはなかったことを知った。しかし、哲也の手元にいる子どもが、不憫でならなかった。本当の幸福を見つけることができるのだろうかと。

下の子どもは、父親にどんなつらい目に遭わせられようとも、自分の意思を通して、私のそばにいる。父親を拒絶している。この子の寝顔を見ると、自然と涙が流れてくる。こんな状況になったのも私が原因なのかもしれないと思ってしまう。いろいろなことが頭の中でうずまいて、パニック状態に陥りそうだった。

子どもが夏休みに入るのを待って、私は山口に帰ることにした。上の子どもを、この場所——一緒に暮らした福岡——に残していくのは、後ろ髪を引かれる思いだった。でも、子どもは理解してくれた。

「ごめん。お母さん、やっぱりここにいるのは難しくなったの。……山口に帰ることにしたの……ごめんね。悪いお母さんでごめんね。憎まれても仕方ない。でも……もうここでは暮らせないの。ごめんね、ごめんね……」

涙で、はっきりと言えなかった。子どもも涙が流れている。しかし、

「いいよ、わかったよ、お母さん……大丈夫だよ……」

やっとの思いで話してくれる子どもが、痛々しかった。抱きしめてやった。赤ちゃんの時のようにしっかりと。でも、この子の体温のあたたかさを感じても、私の決心は変わらない。なんて悪い母親なのだろうか。

子どもは「お母さん帰ってきて」とは一言も言わない。我慢しているのもわかるが、それ以上に、今までギスギスした両親の中にいることの方が、どれほど苦しかったのではないかと、痛いほど思われる。彩子の言葉にウソはないと実感した。そして「子どもこそ、最大の理解者」という言葉の意味を悟った。

その夜、私は手帳にメモ書きをした。

山口に帰ります。あなたがいる山口へ帰ります。でも、あなたはもういないかもしれませんね。今、どこにいるのですか。遠くに行ったのですか。

私のこと、何も覚えていないですよね。やはり、あなたにとってはただの通りすがりの人ですよね。

でも、私はやはり忘れなかった。忘れられなかった。どこかで思い出していた。忘れなければいけないと思っていたのに。

つらい時があると、あなたの影を捜していた。馬鹿だよね。もう、あなたのそばには優しい人がいるのはわかっているのに。

こんな私だから、置いてきぼりにされたんだよね。ひとりになっちゃうんだよね。わかってる。わかっているけどだめなんだ。ごめんなさい。でも、やっぱりもう一度会いたい。この世からいなくなる前に、もう一度だけ。

あなたにどんなに憎まれてもいいから、少しでも覚えていてほしかった。私のことを……。

山口の私が産まれ育った家に帰った時、私に向けられた目は、好奇心に満ちた目だった。顔を合わせる近所の人たちは「あらっ？」という言葉から始まった。学生の頃、母と一緒に歩いていたらよく言われた。

「恵ちゃんは、いい子だね。お母さんも安心だよね。うちの子も恵ちゃんみたいだったらねぇ」と。

常に「いい子」と言われ続け、それにおぼれて、その仮面を外すことを忘れていた。その子が子どもを連れて実家にいる。しかし、夫の姿はどこにもないとくれば、冷ややかな目を向けられるのも不思議ではなかった。

これが「世間の目」というものかと、痛感させられた。頼るのは、自分ひとりなのであろう。家にいても、両親に対する気持ちは、垣根を取り除くことができないほど、頑になっていた。彩子とともに強くなれた自分が、少しずつ後退するようにも思えた。「もういやだ、いやだよー」と叫びながら、ひっそりと息をしながら暮らす自分に耐えられなくなってきていた。

ひとりぼっちという孤独感が、夜の闇と重なって、私に襲いかかってくる。その怖さに体が震え出す。でも、手を伸ばして助けを求めようとしても、誰もいない。手を差し出してくれる人は、どこにもいない。ただ、暗闇がずっと果てしなく続いているだけ。「夜明け前が一番暗い」というが、一体、私の夜明けはどこにあるのだろうか。右に行っても見つからない。左に行っても見つからない。続くのは、闇に閉ざされた世界だけ。

山口に帰り、私はすべてを弁護士に頼んだ。弁護士というと、今までの私には、雲の上にいるとってもおっかない存在の人だった。でも、今は、唯一の助け船を出してくれる人、たったひとりの理解者であるようにも思えた。

哲也と別居しても、話は前に進まず、家庭裁判所の調停を頼ったが、すべて話は、はねつけられた。そこで、わずかな希望の光として、相談に行ったのだった。その時、弁護士はただ黙って、最後まで話を聞いてくださった。そして、最後に一言、言ってもらえた。「よくここまで頑張ってこられましたね」って。頑張るというのではなく、私の結婚生活は意地だったように思える。

それまでは、愚痴をこぼせば「辛抱がない、我慢がたりない」と言われ続けていた。結婚って、自分を抑えて相手のためにしなければいけないものかと思っていた。しかし、どこかで、

「違う、そうじゃない。おたがいの言いたいことが言い合えて、時に喧嘩しながらでも、相手の存在を認め、自分も生きているという実感を持ち、そうすることでふたりが向上していくのが結婚なんだ」

と心の中で叫び続けていた。

親にも理解してもらえなかったことを、理解してもらえた。そのことが、一番うれしかった。しかし、どれほどの長い時間が流れても、話は平行線をたどったままだった。

夏が過ぎ、秋も足早に去っていこうとしている頃、裁判に持ちこむことを弁護士から切り出された。裁判離婚というのは、離婚の中でも一パーセントにも満たないという。その中に私はいるのだった。悲しくもあり、情けなくもあった。

そして、私と哲也は原告と被告と呼ばれて、家庭裁判所の判決に身を委ねることになった。これほどの経験をしなければ生きていけないことに、すべてに見放されたという虚脱

感が私にあった。

「どうしてこんなことになったのだろう。どうしてこれほどまでの天罰を受けなければならないのだろう」

と、いつもいつも頭の中はこの問いに占められていた。

「こんなはずじゃなかった。こんな人生を送るはずじゃなかった」

と、自分を追いつめていた。

自己嫌悪に陥り、夜の暗い長い時間の中で孤独感と戦い、自爆しそうになる私は、ほんの少し残っていた理性で、やっとの思いでこの場所に立っていた。生きていくことのつらさを、今まで以上に感じとっていた。そして、誰が悪いのでもなく、自分の弱い心が原因になっていることもわかっていた。

別居を始めてから、二年という長い時間が経っていた。「離婚」という言葉を口にするまで、やはりこの長い時間は必要だった。

もし、この世の中に勝者と敗者が存在するのであれば、私は敗者なのだろうと思っていた。人の目を避け、下を向いてトボトボと歩いていた。勝者も敗者もなく、前向きに生きてこそ、自分を取り戻すことができると、自分を納得させるには、まだ二年という時間は足りないくらいでもあった。

今やっと、哲也のサインと捺印がしてある書類が、私の手元に届いた。哲也のサインを見て「こういう字を書いていたんだ」と思った。文字を書く癖は思い出しても、顔は思い浮かばなかった。その輪郭でさえも思い浮かばなかった。十年以上も一緒にいたのに。もう、完全に遠い存在になっていることを知った。そして、本当に結婚をしていたのだろうか？

子どもの親権者について、夫と妻のところにひとつずつ名前が書かれてあるところを見た時、心苦しくなった。たとえ、今まで別々に暮らしてはいても、このようにはっきりと、書類の上とはいえ、示されると苦しかった。

でも、目を閉じて自分に言い聞かせた。

「離れていても、たとえ親権者ではなくても、私の子どもであることは、揺るぎない事実だ」と。

この待ち望んでいた書類を手にした時、私の思いは大きくなった。

これで自由になれる。「長女、跡継ぎ」という枠組みの中から抜け出すことができる。重い重い荷物を、やっと肩から降ろすことができる。

それと同時に、私はどうしても忘れることのできない人の名前を、はっきりと心の中に刻みこんでいた。これは、誰にも批判されようとも、後ろ指を指されようとも、その名前を消すことはできない。

「今、どこにいるの？　何をしているの？　もし許されるものならば、もう一度会いたい」

という思いが、日ごとにふくらみ始めた。どんなことをしてでも、居場所だけでも知りたいと思い始めた。ひとつには、孤独感に対する精神的支えを求めていたのかもしれないが。それは、正明でなければいけなかった。他の名前は……浮かばなかった。

ふと、友人の名前を思い出し、私は電話番号を間違いなく押した。たったひとつの思いだけで、彼女に助けを求めた。ひとみは快く引き受けてくれた。

遠い遠い記憶の中から、小さな小さな光を見つけ出すことは容易ではなかった。でも、はっきりさせることは、私の心の整理をするには不可欠なものだった。わかってくる現実を目にしなければ、いつまでも引きずっていかなければいけないのだった。

たとえ、それが私にとって残酷な事実でもよかった。というより、正明を傷つけた以上、それなりの報いを受けるのは、当然なことだった。しかし、少しは手加減してとも祈った。

これ以上、奈落の底に落とされるのは怖かった。「ひとりぼっちはいやだ、怖いよー」と叫んだ。

　ある夜、私はこれまで経験したこともない経験をした。その日は、精神的にまいった日だった。布団に入っても、なかなか眠りにつけなかった。いつものように孤独と戦っていた。そして、私は祈った。

「どうか助けてください。もう、私のこと忘れているけど、やはり、私にはあなたしかいないの。思い続けることはとってもいけないことはわかっているの。でも、今は誰もそばにいないから、あなたを思い出してしまうの。こんな私だから、あなたには重荷で、背を向けられたことはわかっている。でもね……でもね……ひとりは寂しいよ」

　その祈りが終わった時、急に部屋が揺れ出した。

「ちょっと、これは何？　地震？」

　でも、誰ひとり起きてこない。眠りの中にいる。そのうち、私から見えるガラスに人影が映った。そして、その影は右から左へゆっくりと動いた。その影が誰なのか確かめたかった。しかし、体は動かなかった。ただ、薄暗い中で視線を右から左へ動かしただけだった。

「もしかして、あの人？　……まさか……違う。でも、誰？」

と、思いが頭に横切った。


三週間後、待っていた（？）ひとみからの連絡が入った。そして、すべてを知った。私の受話器を持つ手は震えていた。その場所に立っているのがやっとだった。目の前のものが、右へ左へと揺れ始めそうだった。言葉は何も言えずに、黙りこんだままの状態が続いた。受話器から震える心の動揺が伝わったのだろうか。

「恵、恵、どうしたの？」

「……」

ひとみの声は、ちゃんと耳に届いていた。でも、聞かされた答えをちゃんと受け取るほどの心は、どこかに消えていた。

「恵、どうしたの、大丈夫？」

「……うん、ごめん、ひとみ」

「ごめんね、恵」

「どうして、ひとみが謝るの」

「だって……恵の気持ちを考えると……」

「いいのよ、ひとみ。大丈夫だから……誰が悪いんじゃないんだから……ただ……」

本当は、全然大丈夫ではなかった。その場にしゃがみこんでしまわなければならないほど、全身の力は抜けていた。でも、できなかった。「倒れちゃだめ。立っていなければ……」という思いだけで立っていた。「強くなければいけないよ」と、頭の中で誰かの声を聞いた。

また、しばらく沈黙が続いた。ひとみも、どのように声をかけていいのか、わからないらしい。

「ひとみ、ありがとう」

やっと言えた。

「恵、どう言っていいかわからないけど……」

「いいよ。ひとみには感謝してるよ。大変なこと、相談してしまったんだからね」

「恵、力になれなくてごめんね」

「いいって、ひとみ……」

耳から受話器を離した。「恵、元気出してね」というひとみの声が遠くで聞こえた。受話器を元の位置に戻した時「ごめんね、ひとみ」と心の中でぽつりと言った。その場に立ちすくんでしまい、脱け殻になってしまったのは、ひとみが悪いんじゃなかった。自分でまいた種から出たものだった。

しかし、この時のショックは、今までにもない大きな大きなものだった。すべてが、完全に砕け散ってしまった。本当は、砕けてしまうものなんて何もなかったのに。完全に無という現実がある。自分の存在さえも否定したかった。子どものことも頭の中から消えてしまっていた。

「これから、どうやって生きていこう」

でも、今までと同じ時間の流れの中で生きることしかなかった。何も変わってはいないということ。ただ、あの人の存在がはっきりしたということ。知りたかったことが、すべてわかったということ。それだけのこと、何も変わってはいないのだった。

もし、正明が私に話してくれた自分の夢——空を飛ぶこと——をやめていたなら、自然に私の心から姿は消え去っていたであろう。しかし、そうではなかった。正明は正明の意思のまま、生き抜いていた。自分の夢を追いかけること——私にないもの——を見つめて。心の中は嵐のように荒れた。

あの時、同じ分岐地点に立っていた。正明は右の道を選んだ。私は左の道を選んだ。その先に待ち受けていたものは……正明には幸福へ続く道だった。そして、私は曲がりくねった茨の道だった。その道を進む途中、何度も振り返り、後戻りをして右の道に行こうとしたけど、正明の姿はずーっと前に進んでいて、後ろ姿さえも見つけることはできなかった。愕然として、私は今来た道を歩いて行った。そして、無気力のまま歩き続けた。疲れていても、元気な姿で歩いていた。

たったひとつの選んだ道によって、こんなにも違う、いや違いすぎる時間を過ごさなければならない。同じ出発点に立っていたのに……。

人の運命には、ふたつの運命があるという。ひとつは、生まれながらにして背負っている運命。もうひとつは、どんなことをしてでも自分で幸福をつかもうとして歩かなければならない運命。私は、前者の運命のみに翻弄され、後者の運命なんて後回しにして生きてきた。

「いい子」という仮面を被って、その役を演じることにすべての時間を費やしてきた。苦しみから逃れるために、自分でとった行動によって、その苦しみよりもはるかに大きな苦しみを背負って生きてきた。足はいつも宙に浮いていた。地に足をしっかりつけて、歩くことはなかった。

しかし、今ようやく気がついた。私の人生の主人公は、私自身であるということに。それには、莫大なエネルギーと時間を費やした。

離婚後、私は旧姓に戻ることを拒んだ。理由は、もう一度、私でない私――作られた私――に戻ることに、とてつもない大きな恐怖を感じていたからだ。もう、自分を押し殺して生きることが怖かった。誰かのため、家のために生きることが怖かった。私は私でいたかった。

長い時間をかけて、当たり前の答えを暗闇の中からわずかな光を見つけ出したように、捜し出したことは、誰が悪いんじゃない、私自身が悪いということだった。

私はある新聞で、タテ糸とヨコ糸の関係についての記事を読んだ。つまり、タテ糸とは家と家族をつなぐものであり、ヨコ糸とは男と女をつなぐものであるという。このふたつの糸がうまく織りなすことによって、人間社会は心豊かに個人の幸福につながるという。

もし、これを私に置き換えてみると、どうなるのであろうか。常にタテ糸の強さに負けて、ヨコ糸はプツンと切れたままで、何も織りなしていないのだった。

家というもの、家の存続というもの、それは祖先というものにつながっていく。しかし、それを守るために、何かを犠牲にしなければいけないものなのであろうか。

本当に、タテ糸とヨコ糸がうまく織りなしてこそ、幸福が見つけられ、それをいつまでも維持するために、できることをできる力でやっていくのであろう。そこには、演じることもなく、肩の力を抜いた自然体の姿が、存在するのではないだろうか。自分の足で一歩一歩歩き、自分を見失わないことが、人々にも幸福を与えることができるのではないだろうか。

この現実——正明の真実の姿——のつらさを受け入れることに、どれほどの時間が必要であっただろう。すべての時間を憎んだ。私の周りにあるものすべてを憎んだ。しかし、何も変わりはなかった。私自身が変わることしか、道は残っていなかった。

ひとみが言ってくれた。

「恵、自分を信じて生きるのよ。あの時、死を選ぼうとしても死ねなかった。大きな運命——長女という運命——を背負って、生きていかなければならなかった。でも、今やっと、自分の足で歩むことを決めたじゃないの。妻というものは失くしたけど、母として女として生きてきたじゃない。誰も経験したことのない――本当は経験しなくてもいい――ことを経験して、ひとつ大きくなったのよ。人の痛みもわかるようになったのよ。そして、何が大切なのか、わかったでしょ。だから、恵、少しずつでいいのよ、前を向いて生きて。ひとりじゃないってこと、覚えていて」

精神的な支えを求めていた人への糸は、完全にプッツリと切れた。でも……。正明との思い出は決して消えることはない。いや、消してしまいたくない。私の生きた証として残しておく。

私は、自分の気持ちでひとりの男性を選び、愛した。それは、素晴らしいことだった。また、選んだ人に間違いはなかったと、自信を持って言える。報われない愛だったけど、私自身が素直に生きることができた。肩ひじを張らずに、作り笑顔をすることもなく、心の底から笑える時間を持つことができた。愛したという事実に、なんの悔いもない。

男と女。それは、ただ条件のみで幸福が約束されているのだろうか。いや、そうではない。本当に心と心がつながり、本当に愛せる人と一生のうちに巡り合うのは、ひとりかふたりであろう。

「自分を大切にする」ということ。それは「自分の人生を大切に生き抜いていく」ということに、つながっているのではないだろうか。「我が道を行く」ということは、わがままな生き方として映ることもあるかもしれない。

しかし、そうではない。自分を失ってしまったのならば、人の気持ちなんてわかりっこない。束縛された道の先に、幸福と呼べるものはない。幸福になる扉を手で開けるのは、自分自身である。

この答えを見つけるのに、莫大な時間を過ごした。「幸福になりたい」と、私は心の底から思う。

そして、今やっと言えるようになった。今まで言えなかった言葉が。

私の最愛の人と「いい子」を演じていた私に、はっきりと言おう。

サ・ヨ・ナ・ラ

あとがき

過去の告白。これを書こうとしたのは、ある人の助言だった。自分の過去をあからさまにするのは、たいへんな勇気がいる。しかし、心の奥底に傷としてとどめておく方が、もっと悲劇なのではないかと思った。

そこで、すべてを明らかにすることが、自分自身にとって、最良の道であるように思えてきた。「いい子」ではなく「ふつうの子」であることを、誰かに伝えたくなった。

初めは、とまどいがちに進んでいたペン先も、最後にはすらすらと運び、それと同時に、今まで抱えていた気持ちの重みが軽くなってきた。それまですることのできなかった心の整理が、信じられないほど、すんなりとできたのだった。

「愛」「夢」という漢字が、私は好きだ。と同時に、今一番手に入れたいと願っているものでもある。

イエスをすぐ言える人間よりも、ノーをはっきりと言える勇気を持ちたいと思う。自分の気持ちを閉じこめないで、目の前にある扉をノックして、そこから歩き出していこう。

家族のあり方を、今一度自分に問うてみるよい機会でもあった。「人それぞれに、それぞれの道・人生がある」ということの意味を、私の体験とともに感じてほしいと願う。

久米　恵

著者プロフィール

久米 恵（くめ けい）

1958年、山口県生まれ。
尾道短期大学経済科卒業。
『サヨナラまでの距離』は処女作。

サヨナラまでの距離

2001年12月15日　初版第1刷発行

著　者　久米《くめ》 恵《けい》
発行者　瓜谷 綱延
発行所　株式会社 文芸社
〒112-0004　東京都文京区後楽 2-23-12
電話　03-3814-1177（代表）
03-3814-2455（営業）
振替　00190-8-728265
印刷所　株式会社 フクイン

ISBN4-8355-2888-3 C0093